Os cus de Judas

António Lobo Antunes

Os cus de Judas

2ª edição
7ª reimpressão

ALFAGUARA

Copyright © 1979 by António Lobo Antunes

Este livro segue a edição *ne varietur* da Editora Dom Quixote, de Portugal, com texto estabelecido de acordo com a vontade do autor.

A editora manteve a grafia vigente em Portugal, observando as regras do Acordo Ortográfico da Língua Portuguesa de 1990.

Capa
Ciro Girard e Marcelo Girard

Imagem de Capa
© John Cairns / iStockphoto

Revisão
Neusa Peçanha
Fátima Fadel
Onézio Paiva
Rita Godoy

CIP-Brasil. Catalogação-na-fonte
Sindicato Nacional dos Editores de Livros, RJ

A642c
    Antunes, António Lobo
        Os cus de Judas / António Lobo Antunes. – 2ª ed. –
    Rio de Janeiro: Objetiva, 2010.
    200p.

       ISBN 978-85-5652-011-1

    1. Romance português. I. Título.

07-0396   CDD: 869-3
                               CDU: 821.134.3-3

06.02.07   09.02.07   000417

[2021]
Todos os direitos desta edição reservados à
EDITORA SCHWARCZ S.A.
Praça Floriano, 19 — Sala 3001 — Cinelândia
20031-050 — Rio de Janeiro — RJ
Telefone: (21) 3993-7510
www.companhiadasletras.com.br
www.blogdacompanhia.com.br
facebook.com/alfaguara.br
twitter.com/alfaguara_br

Para o Daniel Sampaio
— meu Amigo.

A

Do que eu gostava mais no Jardim Zoológico era do rinque de patinagem sob as árvores e do professor preto muito direito a deslizar para trás no cimento em elipses vagarosas sem mover um músculo sequer, rodeado de meninas de saias curtas e botas brancas, que, se falassem, possuíam seguramente vozes tão de gaze como as que nos aeroportos anunciam a partida dos aviões, sílabas de algodão que se dissolvem nos ouvidos à maneira de fios de rebuçado na concha da língua. Não sei se lhe parece idiota o que vou dizer mas aos domingos de manhã, quando nós lá íamos com o meu pai, os bichos eram mais bichos, a solidão de esparguete da girafa assemelhava-se à de um Gulliver triste, e das lápides do cemitério dos cães subiam de tempos a tempos latidos aflitos de caniche. Cheirava aos corredores do Coliseu ao ar livre, cheios de esquisitos pássaros inventados em gaiolas de rede, avestruzes idênticas a professoras de ginástica solteiras, pinguins trôpegos de joanetes de contínuo, catatuas de cabeça à banda como apreciadores de quadros; no tanque dos hipopótamos inchava a lenta tranquilidade dos gordos, as cobras enrolavam-se em espirais moles de cagalhão, e os crocodilos acomodavam-se sem custo ao seu destino terciário de lagartixas patibulares. Os plátanos entre as jaulas acinzentavam-se como os nossos cabelos, e afigurava-se-me que, de certo modo, envelhecíamos juntos: o empregado de ancinho que empurrava as folhas para um balde aparentava-se, sem dúvida, ao cirurgião que me varreria as pedras da vesícula para um frasco coberto de rótulo de adesivo:

uma menopausa vegetal em que os caroços da próstata e os nós dos troncos se aproximavam e confundiam irmanar-nos-ia na mesma melancolia sem ilusões; os queixais tombavam da boca como frutos podres, a pele da barriga pregueava-se de asperezas de casca. Mas não era impossível que um hálito cúmplice nos sacudisse as madeixas dos ramos mais altos, e uma tosse qualquer rompesse a custo o nevoeiro da surdez em mugidos de búzio, que a pouco e pouco adquiriam a tranquilizadora tonalidade da bronquite conjugal.

O restaurante do Jardim, onde o odor dos animais se insinuava em farrapos diluídos no fumo do cozido, apimentando de uma desagradável sugestão de cerdas o sabor das batatas e conferindo à carne gostos peludos de alcatifa, encontrava-se ordinariamente repleto, em doses equitativas, de grupos excursionistas e de mães impacientes, que afastavam com os garfos balões à deriva como sorrisos distraídos, a arrastarem pontas de guita atrás de si, tal as noivas volantes de Chagall a bainha dos vestidos. Senhoras idosas vestidas de azul, com tabuleiros de bolos na barriga, ofereciam travesseiros mais poeirentos do que as suas bochechas folhadas, perseguidas pelo fastio pegajoso das moscas. Cães esqueléticos de retábulo medieval hesitavam entre a biqueira dos empregados e as salsichas que sobravam dos pratos para o chão à laia de dedos supérfluos, luzidios da brilhantina do óleo. Os barcos que pedalavam no tanque ameaçavam a todo o momento entrar vogando pelas janelas abertas, a oscilarem sobre ondas hostis de guardanapos de papel. E lá fora, indiferente à música fosca que os altifalantes embaciavam, aos lamentos viúvos do boi-cavalo, à jovialidade de pandeiretas cansadas dos excursionistas e ao pasmo da minha admiração comovida, o professor preto continuava a deslizar imóvel no rinque de patinagem debaixo das árvores com a majestade maravilhosa e insólita de um andor às arrecuas.

Se fôssemos, por exemplo, papa-formigas, a senhora e eu, em lugar de conversarmos um com o outro neste ângulo de bar, talvez que eu me acomodasse melhor ao seu silêncio, às suas mãos paradas no copo, aos seus olhos de pescada de vidro boiando algures na minha calva ou no meu umbigo, talvez que nos pudéssemos entender numa cumplicidade de trombas inquietas farejando a meias no cimento saudades de insectos que não há, talvez que nos uníssemos, a coberto do escuro, em coitos tão tristes como as noites de Lisboa, quando os neptunos dos lagos se despem do lodo do seu musgo e passeiam nas praças vazias ansiosas órbitas ferrugentas. Talvez que finalmente me falasse de si. Talvez que atrás da sua testa de Cranach exista, adormecida, uma ternura secreta pelos rinocerontes. Talvez que, palpando-me, me descubra de repente unicórnio, a abrace, e você agite os braços espantados de borboleta cravada em alfinete, pastosa de ternura. Compraríamos bilhetes para o comboio que circula no Jardim, de bicho em bicho, o seu motor de corda, evadido de um castelo-fantasma de província, acenando de passagem à gruta de presépio dos ursos brancos, tapetes reciclados. Observaríamos oftalmologicamente a conjuntivite anal dos mandris, cujas pálpebras se inflamam de hemorróidas combustíveis. Beijar-nos-íamos diante das grades dos leões, roídos de traça como casacos velhos, a arregaçarem os beiços sobre as gengivas desmobiladas. Eu afago-lhe os seios à sombra oblíqua das raposas, você compra-me um gelado de pauzinho ao pé do recinto dos palhaços, bofetadas de sobrancelha para cima que um saxofone trágico sublinha. E teríamos recuperado dessa forma um pouco da infância que a nenhum de nós pertence, e teima em descer pelo escorrega num riso de que nos chega, de longe em longe e numa espécie de raiva, o eco atenuado.

Lembra-se das águias de pedra da entrada do Jardim e das bilheteiras semelhantes a guaritas de sentinela onde oficiavam empregados bolorentos, a piscarem órbitas míopes de mocho na penumbra húmida? Os meus pais moravam não muito longe, perto de uma agência de caixões, mãos de cera e bustos do padre Cruz, que os uivos nocturnos dos tigres faziam vibrar de terror artrítico nas prateleiras da montra, inválidos do comércio místicos que decoravam os topos dos frigoríficos sobre ovais de crochet, de tal forma que o ronronar dos aparelhos se diria nascer dos seus esófagos de barro, afligidos de indigestões de galhetas. Da janela do quarto dos meus irmãos enxergava-se a cerca dos camelos, a cujas expressões aborrecidas faltava o complemento de um charuto de gestor. Sentado na retrete, onde um resto de rio agonizava em gargarejos de intestino, escutava os lamentos das focas que um diâmetro excessivo impedia de viajarem pela canalização e de descerem no jacto das torneiras grunhidos impacientes de examinador de matemática. A cama da minha mãe gemia em certas madrugadas o lumbago do elefante desdentado que tocava a sineta contra um molho de couves, num comércio centenariamente inalterável à inflação, comandada pela asma do meu pai em assopros ritmados de cornaca. A mulher dos amendoins, a que faltava o cotovelo esquerdo, montava a sua indústria de alcofas nos baixos da nossa varanda, e narrava à minha avó em discursos verticais, de baixo para cima, as bebedeiras do marido, através de cuja violência explodiam capítulos de Máximo Gorki da Editorial Minerva. As manhãs povoavam-se de tucanos e de íbis servidos com as carcaças do pequeno-almoço que abandonavam nos dedos a farinha ou o pó dos móveis por limpar. A mancha do sol da tarde trotava no soalho na cadência furtiva das hienas, revelando e escondendo os desenhos sucessivos do tapete, o relevo lascado do rodapé, o retrato de um tio bombeiro na parede, iluminado de bigodes, de que o capacete areado cintilava reflexos domésticos de maçaneta. No vestíbulo havia um espelho biselado que de noite se esvaziava de imagens e se tornava tão fundo como os olhos de um bebé que dorme, capaz de conter em si todas as árvores do Jardim e os orangotangos dependurados das suas argolas à laia de enormes aranhas congeladas. Por essa época, eu alimentava a esperança insensata de rodopiar um dia espirais graciosas em torno das hipérboles majestáticas do professor preto, vestido de botas brancas e calças cor-de-rosa, deslizando no ruído de roldanas com que sempre imaginei o voo difícil dos anjos de Giotto, a espanejarem nos seus céus bíblicos numa inocência de cordéis. As árvores do rinque fechar-se-iam atrás de mim entrelaçando as suas sombras espessas, e seria essa a minha forma de partir. Talvez que quando eu for velho, reduzido aos meus relógios e aos meus gatos num terceiro andar sem elevador, conceba o meu desaparecimento não como o de um náufrago submerso por embalagens de comprimidos, cataplasmas, chás medicinais e orações ao Divino Espírito Santo, mas sob a forma de um menino que se erguerá de mim como a alma do corpo nas gravuras do catecismo, para se aproximar, em piruetas inseguras, do negro muito direito, de cabelo esticado a brilhantina, cujos beiços se curvam no sorriso enigmático e infinitamente indulgente de um buda de patins.

Este anjo da guarda de gravata desde sempre substituiu dentro de mim a pagela virtuosa da Sãozinha e as suas bochechas equívocas de Mae West de sacristia, envolvida em amores místicos com um cristo de bigodinho à Fairbanks no cinema mudo do oratório das tias, que moravam em grandes casas escuras, com os baixos-relevos dos sofás e dos móveis adensando a penumbra, onde as teclas dos pianos cobertos por xailes de damasco cintilavam a sua cárie de bemóis. Em cada edifício da Rua Barata Salgueiro, triste como a chuva num recreio de colégio, habitava uma parente idosa remando de bengala na vazante das alcatifas repletas de jarrões chineses e de contadores de embutidos, que o mar de gerações de comerciantes de pêra ali abandonara como numa praia final. Cheirava a fechado, a gripe e a biscoito, e só as grandes tinas oxidadas, de pernas em forma de garras de esfinge, com a linha da água ausente assinalada por uma orla castanha semelhante a um vinco de boné na testa, se me afiguravam vivas, procurando com as ávidas goelas desmesuradas as tetas de cobre das torneiras, de que desciam, de quando em quando, lágrimas raras como gotas de argirol. Nas cozinhas idênticas ao laboratório de química do liceu, com um calendário das Missões com muitos pretinhos na parede, criadas sem idade, que se chamavam todas Albertina, preparavam canjas sem sal resmungando nos tachos pedaços de terço, destinados a condimentar o arroz branco. Nos esquentadores antiquíssimos, contemporâneos da marmita de Papin, as chamas do gás adquiriam a forma instável de pétalas frágeis, oscilando à beira de um estoiro catastrófico que reduziria a cacos irreconhecíveis a última chávena de Sèvres. As janelas não se distinguiam dos quadros: no vidro ou na tela, as mesmas árvores de outubro encolhiam-se como pilas transidas depois de um banho de piscina, a que se enrolavam as serpentinas desbotadas de um Carnaval defunto. As tias avançavam aos arrancos como dançarinas de caixinha de música nos derradeiros impulsos da corda, apontavam-me às costelas a ameaça pouco segura das bengalas, observavam-me com desprezo os enchumaços do casaco e proclamavam azedamente:

— Estás magro
como se as minhas clavículas salientes fossem mais vergonhosas que um rastro de baton no colarinho.

Um pêndulo inlocalizável, perdido entre trevas de armários, pingava horas abafadas num qualquer corredor distante, atravancado de arcas de cânfora, conduzindo a quartos hirtos e húmidos, onde o cadáver de Proust flutuava ainda, espalhando no ar rarefeito um hálito puído de infância. As tias instalavam-se a custo no rebordo de poltronas gigantescas decoradas por filigranas de crochet, serviam o chá em bules trabalhados como custódias manuelinas, e completavam a jaculatória designando com a colher do açúcar fotografias de generais furibundos, falecidos antes do meu nascimento após gloriosos combates de gamão e de bilhar em messes melancólicas como salas de jantar vazias, de Últimas Ceias substituídas por gravuras de batalha:

— Felizmente que a tropa há-de torná-lo um homem.

Esta profecia vigorosa, transmitida ao longo da infância e da adolescência por dentaduras postiças de indiscutível autoridade, prolongava-se em ecos estridentes nas mesas de canasta, onde as fêmeas do clã forneciam à missa dos domingos um contrapeso pagão a dois centavos o ponto, quantia nominal que lhes servia de pretexto para expelirem, a propósito de um beste, ódios antigos pacientemente segregados. Os homens da família, cuja solenidade pomposa me fascinara antes da primeira comunhão, quando eu não entendia ainda que os seus conciliábulos sussurrados, inacessíveis e vitais como as assembleias de deuses, se destinavam simplesmente a discutir os méritos fofos das nádegas da criada, apoiavam gravemente as tias no intuito de afastarem uma futura mão rival em beliscões furtivos durante o levantar dos pratos. O espectro de Salazar pairava sobre as calvas pias labaredazinhas de Espírito Santo corporativo, salvando-nos da ideia tenebrosa e deletéria do socialismo. A Pide prosseguia corajosamente a sua valorosa cruzada contra a noção sinistra de democracia, primeiro passo para o desaparecimento, nos bolsos ávidos de ardinas e marçanos, do faqueiro de cristofle. O cardeal Cerejeira, emoldurado, garantia, de um canto, a perpetuidade da Conferência de São Vicente de Paula, e, por inerência, dos pobres domesticados. O desenho que representava o povo em uivos de júbilo ateu em torno de uma guilhotina libertária fora definitivamente exilado para o sótão, entre bidés velhos e cadeiras coxas, que uma fresta poeirenta de sol aureolava do mistério que acentua as inutilidades abandonadas. De modo que quando embarquei para Angola, a bordo de um navio cheio de tropas, para me tornar finalmente homem, a tribo, agradecida ao Governo que me possibilitava, grátis, uma tal metamorfose, compareceu em peso no cais, consentindo, num arroubo de fervor patriótico, ser acotovelada por uma multidão agitada e anónima semelhante à do quadro da guilhotina, que ali vinha assistir, impotente, à sua própria morte.

B

Conhece Santa Margarida? Digo isto porque, às vezes, na messe dos oficiais decorada com o mau gosto obstinadamente impessoal da sala de espera de um dentista de Moscavide (flores de plástico, oleografias imprecisas cujos arabescos monótonos se confundem com o papel da parede, cadeiras hirtas semelhantes a quadrúpedes desirmanados pastando num acaso sem simetria as franjas gastas dos tapetes), os majores em rebuliço abandonavam os copos de uísque, de cubos de gelo substituídos por dados de póquer, para, erectos como soldados de chumbo barrigudos, saudarem a entrada de uma senhora que qualquer coronel subitamente urbano comboiava, deixando atrás de si, perceptível na tremura dos galões, um rastro cochichado de cio de caserna, que se cristalizaria em esquemas explicativos no mármore venoso dos urinóis, destinado à alfabetização dos faxinas. A masturbação era a nossa ginástica diária, êmbolos encolhidos nos lençóis gelados à maneira de fetos idosos que nenhum útero desibernaria, enquanto lá fora os pinheiros e a névoa se confundiam numa trama inextricável de sussurros húmidos, sobrepondo à noite a noite pegajosa dos seus troncos, açucarados do algodão de feira popular da bruma. Como em pequeno na Praia das Maçãs, percebe, no fim de setembro, quando nos deitávamos e o corpo se assemelhava a uma sementinha perdida no colchão enorme, enrugada e trémula, agitando os filamentos peludos dos membros em espasmos assustados pelo som do mar lá em baixo, vindo de parte nenhuma, a retrair e a distender a bronquite pedregulhosa do seu pulmão invisível. Os relógios de cuco davam lugar a cornetas igualmente irritantes, a farda e a pele convergiam numa carapaça única de quitina militar, os cabelos rapados e as formaturas traziam-me à memória as colónias de férias da infância e o seu cheiro a doce e azedo de pouca água, feito de resignação vagamente indignada. Aos domingos, a família em júbilo vinha espiar a evolução da metamorfose da larva civil a caminho do guerreiro perfeito, de boina cravada na cabeça como uma cápsula, e botas gigantescas cobertas da lama histórica de Verdun, a meio caminho entre o escuteiro mitómano e o soldado desconhecido de carnaval. E tudo decorria, entretanto, na atmosfera de colégio interno que os quartéis subtilmente prolongam, com os seus segredos, os seus grupos iniciáticos, os seus estratagemas de perversidade primária destinados a iludir a vigilância de prefeitos dos comandantes, mais preocupados com o trunfo do bridge, de cuja escolha dependeria o rumo tranquilo ou tempestuoso da digestão do jantar, do que com as convulsões nocturnas das camaratas perdidas atrás da caspa bolorenta dos plátanos, onde cães magros como galgos de Greco se uniam em coitos melancólicos, fixando-nos com olhos dolorosamente implorativos de freiras moribundas.

Em Mafra, sob a chuva, vi correr os ratos entre os beliches na tristeza desmesurada do convento, labirinto de corredores assombrados por fantasmas de furriéis. Em Tomar, onde os peixes sobem do Mouchão para vogarem ao acaso pelas ruas em cardumes cintilantes, construí Jerónimos de paus de fósforo admirados pelas escleróticas amarelas dos pára-quedistas com hepatite. Em Elvas, à ilharga de um aspirante gordo e inseguro como um pudim flan na borda de um prato, desejei evaporar-me nas muralhas da cidade à maneira dos violinistas de Chagall no azul espesso da tela, batendo as desajeitadas asas de cotão das minhas mangas militares, até pousar em Paris para uma revolução de exílio feita de quadros abstractos e de poemas concretos, a que o Diário de Notícias da Casa de Portugal forneceria o lastro lusitano de anúncios de casamento castos como notários hipermétropes, e de missas do sétimo dia adoçadas pelo sorriso sem carne dos mortos. E em Santa Margarida, aguardando o embarque, pastoreei longas bichas de soldados a caminho de um dentista demente que despovoava gengivas uivando de felicidade assassina:

— Com os queixais da gajada não vai o colega ter problemas — berrava-me ele, encostado à sua cadeira horrenda, reluzente de satisfação e de suor, a enterrar o maçarico em chamas da broca num maxilar apavorado.

As senhoras do Movimento Nacional Feminino vinham por vezes distrair os visons da menopausa distribuindo medalhas da Senhora de Fátima e porta-chaves com a efígie de Salazar, acompanhadas de Padre Nossos nacionalistas e de ameaças do inferno bíblico de Peniche, onde os agentes da Pide superavam em eficácia os inocentes diabos de garfo em punho do catecismo. Sempre imaginei que os pêlos dos seus púbis fossem de estola de raposa, e que das vaginas lhes escorressem, quando excitadas, gotas de Ma Griffe e baba de caniche, que abandonavam rastros luzidios de caracol na murchidão das coxas. Sentadas à mesa do brigadeiro, comiam a sopa com a ponta dos beiços tal como os doentes das hemorróidas se acomodam no vértice dos sofás, deixando nos guardanapos de papel pegadas de copas de baton de que se evolavam ainda desgostos com as criadas e restos de tiradas patrióticas, e reencontrei-as no portaló do barco na manhã da partida, encorajando-nos com maços de cigarros Três Vintes e apertos de mão viris em que as falanges, falanginhas e falangetas se articulavam entre si por intermédio dos anéis de brasão:

— Sigam descansados que nós na rectaguarda permanecemos vigilantes.

E com efeito, observando bem, pouca coisa havia a recear de nádegas tão tristes, em relação às quais as cintas se conformavam com o papel secundário de fundas herniárias.

E depois, sabe como é, Lisboa principiou a afastar-se de mim num turbilhão cada vez mais atenuado de marchas marciais em cujos acordes rodopiavam os rostos trágicos e imóveis da despedida, que a lembrança paralisa nas atitudes do espanto. O espelho do camarote devolvia-me feições deslocadas pela angústia, como um puzzle desarrumado, em que a careta aflita do sorriso adquiria a sinuosidade repulsiva de uma cicatriz. Um dos médicos, dobrado no colchão do beliche, soluçava aos arrancos em palpitações irregulares de motor de táxi que se engasga, o outro contemplava os dedos com a atenção vazia dos recém-nascidos ou dos idiotas que lambem longamente as unhas com os olhos extasiados, e eu perguntava a mim próprio o que fazíamos ali, agonizantes em suspenso no chão de máquina de costura do navio, com Lisboa a afogar-se na distância num suspiro derradeiro de hino. Subitamente sem passado, com o porta-chaves e a medalha de Salazar no bolso, de pé entre a banheira e o lavatório de quarto de bonecas atarraxados à parede, sentia-me como a casa dos meus pais no verão, sem cortinas, de tapetes enrolados em jornais, móveis encostados aos cantos cobertos de grandes sudários poeirentos, as pratas emigradas para a copa da avó, e o gigantesco eco dos passos de ninguém nas salas desertas. Como quando se tosse nas garagens à noite, pensei, e se sente o peso insuportável da própria solidão, nas orelhas, sob a forma de estampidos reboantes, idênticos ao pulsar das têmporas no tambor do travesseiro.

Ao segundo dia alcançámos a Madeira, bolo-rei enfeitado de vivendas cristalizadas a flutuar na bandeja de louça azul do mar, Alenquer à deriva no silêncio da tarde. A orquestra do navio resfolegava boleros para os oficiais melancólicos como corujas na aurora, e do porão onde os soldados se comprimiam subia um bafo espesso de vomitado, odor para mim esquecido desde os meios-dias remotos da infância, quando na cozinha, à hora das refeições, se agitavam à volta da minha sopa relutante as caretas alternadamente persuasivas e ameaçadoras da família, sublinhando cada colher com uma salva de palmas festiva, até que alguém mais atento gritava:

— Cantem o Papagaio Loiro que o miúdo está a puxar o vómito.

Em resposta a este aviso terrível, todos aqueles adultos desatavam a desafinar em uníssono como no naufrágio do Titanic, de beiços arrepiados sobre os dentes de ouro, uma criada batia tampas de tacho a compasso, o jardineiro fingia marchar de vassoura ao ombro, e eu devolvia ao prato um roldão de massa e arroz que me obrigavam a reengolir, desta vez sem coro, sibilando em voz baixa insultos furibundos. Agora, percebe, estendido no convés numa cadeira de repouso, a sentir no progressivo suor do colarinho a implacável metamorfose do inverno de Lisboa no verão gelatinoso do Equador, mole e quente como as mãos do senhor Melo, barbeiro do avô, no meu pescoço, na loja da Rua 1º de Dezembro, onde a humidade multiplicava o cromado das tesouras nos espelhos canhotos, o que com mais veemência me apetecia era que, tal como nesses tempos recuados, a Gija me viesse coçar as costas estreitas de menino num vagar feito da paciência da ternura, até eu adormecer de sonhos lavrados pelo ancinho dos seus dedos apaziguadores, capazes de me expulsarem do corpo os fantasmas desesperados ou aflitos que o habitam.

C   '

Luanda começou por ser um pobre cais sem majestade
cujos armazéns ondulavam na humidade e no calor. A
água assemelhava-se a creme solar turvo a luzir sobre pele
suja e velha que cordas podres sulcavam de veias ao acaso.
Negros desfocados no excesso de claridade trémula aco-
coravam-se em pequenos grupos, observando-nos com a
distracção intemporal, ao mesmo tempo aguda e cega,
que se encontra nas fotografias que mostram os olhos
voltados para dentro de John Coltrane quando sopra no
saxofone a sua doce amargura de anjo bêbedo, e eu imaginava adiante dos beiços grossos de cada um daqueles
homens um trompete invisível, pronto a subir verticalmente no ar denso como as cordas dos faquires. Pássaros
brancos e magros dissolviam-se nas palmeiras da baía ou
nas casas de madeira da Ilha ao longe, submersas de arbustos e de insectos, nas quais putas cansadas por todos
os homens sem ternura de Lisboa ali vinham beber os
últimos champanhes de gasosa, à maneira de baleias agonizantes ancoradas numa praia final, movendo de tempos
a tempos as ancas ao ritmo de pasodoble de uma angústia indecifrável. Alferes pequeninos e de óculos, com ar
competente de estudantes-trabalhadores escrupulosos,
pastorearam-nos aos saltinhos na direcção de carruagens
de gado que aguardavam num pontão coberto de detritos
e de limos, pontão da Cruz Quebrada, lembra-se, onde os
esgotos morrem estendidos aos pés da cidade, cães idosos
que bolsam no capacho vómitos de lixo: em toda a parte
do mundo a que aportamos vamos assinalando a nossa

presença aventureira através de padrões manuelinos e de latas de conserva vazias, numa subtil combinação de escorbuto heróico e de folha-de-flandres ferrugenta. Sempre apoiei que se erguesse em qualquer praça adequada do país um monumento ao escarro, escarro-busto, escarro-marechal, escarro-poeta, escarro-homem de Estado, escarro-equestre, algo que contribua, no futuro, para a perfeita definição do perfeito português: gabava-se de fornicar e escarrava. Quanto à filosofia, minha cara amiga, basta-nos o artigo de fundo do jornal, tão rico de ideias como o deserto do Gobi de esquimós. De modo que, de cérebro exaurido por raciocínios complicados, tomamos ampolas bebíveis às refeições a fim de conseguir pensar.

Apetece-lhe outro drambuie? Falar em ampolas bebíveis dá-me sempre sede de líquidos xaroposos, amarelos, na esperança insensata de descobrir, por intermédio deles e da suave e jovial tontura que me proporcionam o segredo da vida e das pessoas, a quadratura do círculo das emoções. Por vezes, ao sexto ou sétimo cálice, sinto que quase o consigo, que estou prestes a consegui-lo, que as pinças canhestras do meu entendimento vão colher, numa cautela cirúrgica, o delicado núcleo do mistério, mas logo de imediato me afundo no júbilo informe de uma idiotia pastosa a que me arranco no dia seguinte, a golpes de aspirina e sais de frutos, para tropeçar nos chinelos a caminho do emprego, carregando comigo a opacidade irremediável da minha existência, tão densa de um lodo de enigmas como pasta de açúcar na chávena matinal. Nunca lhe aconteceu isto, sentir que está perto, que vai lograr num segundo a aspiração adiada e eternamente perseguida anos a fio, o projecto que é ao mesmo tempo o seu desespero e a sua esperança, estender a mão para agarrá-lo numa alegria incontrolável e tombar, de súbito, de costas, de dedos cerrados sobre nada, à medida que a aspiração ou o projecto se afastam tranquilamente de si no trote miúdo da indiferença, sem a fitarem sequer? Mas talvez que você não conheça essa espécie horrorosa de derrota, talvez que a metafísica constitua apenas para si um incómodo tão passageiro como uma comichão efémera, talvez que a habite a jubilosa leveza dos botes ancorados, balouçando devagar numa cadência autónoma de berços. Uma das coisas, aliás, que me encanta em si, permita-me que lho afirme, é a inocência, não a inocência inocente das crianças e dos polícias, feita de uma espécie de virgindade interior obtida à custa da credulidade ou da estupidez, mas a inocência sábia, resignada, quase vegetal, diria, dos que aguardam dos outros e deles próprios o mesmo que você e eu, aqui sentados, esperamos do empregado que se dirige para nós chamado pelo meu braço no ar de bom aluno crónico: uma vaga atenção distraída e o absoluto desdém pela magra gorgeta da nossa gratidão.

O comboio cheio de malas e do receio tímido de estrangeiros em terra desconhecida, cuja lusitanidade se nos afigurava tão problemática como a honestidade de um ministro, rolou do cais para os musseques num gingar inchado de pombo. A miséria colorida dos bairros que cercavam Luanda, as coxas lentas das mulheres, as gordas barrigas de fome das crianças imóveis nos taludes a olharem-nos, arrastando por uma guita brinquedos irrisórios, principiaram a acordar em mim um sentimento esquisito de absurdo, cujo desconforto persistente vinha sentindo desde a partida de Lisboa, na cabeça ou nas tripas, sob a forma física de uma aflição inlocalizável, aflição que um dos padres presentes no navio parecia compartilhar comigo, afadigado em encontrar no breviário justificações bíblicas para massacres de inocentes. Encontrávamo-nos às vezes, à noite, na amurada, ele de livro em punho e eu de mãos nos bolsos, para fitar as mesmas ondas negras e opacas em que reflexos ocasionais (de que luzes? de que estrelas? de que gigantescas pupilas?) saltavam como peixes, como se buscássemos, naquela escura extensão horizontal que as hélices do barco aravam, uma esclarecedora resposta a inquietações informuladas. Perdi esse padre de vista (uma das minhas sinas, aliás, consiste em perder rapidamente de vista todos os padres e todas as mulheres que encontro) mas recordo com a nitidez de um pesadelo infantil a sua careta de Noé perplexo, embarcado à força numa arca de bichos com cólicas, que arrancaram às florestas natais das suas repartições, das suas mesas de bilhar e dos seus clubes recreativos, para os lançar, em nome de ideais veementes e imbecis, em dois anos de angústia, de insegurança e de morte. Acerca da veracidade desta última, de resto, não sobejavam dúvidas: grandes caixões repletos de féretros ocupavam uma parte do porão, e o jogo, um pouco macabro, consistia em tentar adivinhar, observando os rostos dos outros e o nosso próprio, os seus habitantes futuros. Aquele? Eu? Ambos? O major gordo lá ao fundo a conversar com o alferes de transmissões? Sempre que se examina exageradamente as pessoas elas começam a adquirir, insensivelmente, não um aspecto familiar mas um perfil póstumo, que a nossa fantasia do desaparecimento delas dignifica. A simpatia, a amizade, uma certa ternura até, tornam-se mais fáceis, a complacência surge sem custo, a idiotia ganha a sedução amável da ingenuidade. No fundo, claro, é a nossa própria morte que tememos na vivência da alheia e é em face dela e por ela que nos tornamos submissamente cobardes.

Não quer passar ao vodka? Enfrenta-se melhor o espectro da agonia com a língua e o estômago a arder, e esse tipo de álcool de lamparina que cheira a perfume de tia-avó possui a benéfica virtude de me incendiar a gastrite e, em consequência, subir o nível da coragem: nada como a azia para dissolver o medo ou antes, se preferir, para transformar o nosso passivo egoísmo habitual num estrebuchar impetuoso, não muito diverso na essência mas pelo menos mais activo: o segredo da famosa úlcera de Napoleão, percebe, a chave que elucida Wagram e Austerlitz. E estes pires de coisas pequeninas, venenosas e salgadas, que o imperador nunca provou decerto, percorrerão os nossos intestinos como pedrinhas de soda cáustica capazes de nos atirarem, a favor da guinada de uma cólica, para as mais loucas ou doces aventuras. Quem sabe se acabaremos a noite a fazer amor um com o outro, furibundos como rinocerontes com dores de dentes, até a manhã aclarar lividamente os lençóis desfeitos pelas nossas marradas de desespero? Os vizinhos do andar de baixo cuidarão, atónitos, que trouxe para casa dois paquidermes que se entredevoram num concerto de guinchos de ódio e de parto, e quem sabe se tal novidade despertará neles humores há muito tempo adormecidos, e os leve a engancharem-se à maneira das peças desses puzzles japoneses impossíveis de separar, a não ser pela infinita paciência de um cirurgião ou a faca expedita de um capador definitivo. É capaz de levar o pequeno-almoço à cama a cheirar já a dentífrico Binaca e a optimismo? De assobiar pelos incisivos como os padeiros de antigamente, anjos enfarinhados de cesto ao ombro que substituíam as corujas cansadas dos guarda-nocturnos, e cuja recordação constitui uma das menos melancólicas fatias das minhas lembranças de infância? É capaz de amar? Desculpe, a pergunta é tola, todas as mulheres são capazes de amar e as que o não são amam-se a si próprias através dos outros, o que na prática, e pelo menos nos primeiros meses, é quase indistinguível do afecto genuíno. Não faça caso, o vinho segue o seu curso e daqui a nada peço-lhe para casar comigo: é o costume. Quando estou muito só ou bebi em excesso, um ramalhete de flores de cera de projectos conjugais desata a crescer em mim à maneira do bolor nos armários fechados, e torno-me pegajoso, vulnerável, piegas e totalmente débil; é o momento, aviso-a, de se retirar à sorrelfa com uma desculpa qualquer, de se meter no carro num suspiro de alívio, de telefonar depois do cabeleireiro às amigas a narrar-lhes entre risos as minhas propostas sem imaginação. No entanto e até lá, se não vê inconveniente, aproximo um pouco mais a minha cadeira e acompanho-a durante um copo ou dois.

O comboio que fugiu connosco daquela Cruz Quebrada africana e da sua coroa de guindastes oxidados e gaivotas pernaltas acabou por depositar-nos numa espécie de quartel ao largo de Luanda, casernas de cimento a arderem no calor, onde o suor crepitava na pele como bolhas de fervura. Nos alojamentos dos oficiais, cercados de bananeiras de grandes folhas franjadas idênticas a asas de arcanjos em ruína, os mosquitos atravessavam a rede das janelas para produzirem no escuro, em conjunto, um rumor insistente e agudo em que o meu sangue, sorvido em bochechos rápidos e finalmente liberto de mim, cantava. Lá fora, um céu de estrelas desconhecidas surpreendia-me: assaltava-me por vezes a impressão de que haviam sobreposto um universo falso ao meu universo habitual, e que me bastaria romper com os dedos esse cenário frágil e insólito para reingressar de novo no quotidiano do costume, povoado de rostos familiares e de cheiros que me acompanhavam com a fidelidade dos cachorros. Jantávamos na cidade em esplanadas sórdidas repletas de soldados, entre cujos joelhos circulavam de cócoras engraxadores miseráveis, lançando-lhes às botas soslaios veementes de paixão, ou indivíduos sem pernas que estendiam timidamente manipansos esculpidos a canivete, equivalentes às Torres de Belém de plástico do meu país natal. Sujeitos brancos sebentos, de pasta sob o braço, trocavam dinheiro português por dinheiro angolano num vagar sabido de agiotas, ruas, que se pareciam todas com a Morais Soares, aproximavam-se e afastavam-se num labirinto atrapalhado a caminho da fortaleza; néon provinciano espalhava-se nos passeios em poças piscas de estrabismo alaranjado. Ancorado na baía, o navio que nos trouxera duplicava o reflexo na água preparando a partida: ia regressar sem mim ao inverno e ao nevoeiro de Lisboa onde tudo prosseguia irritantemente na minha ausência com o ritmo do costume, permitindo-me imaginar, despeitado, o que se seguiria de modo inevitável à minha morte e que era, afinal, o prolongamento da indiferença morna e neutra, sem entusiasmo nem tragédias, que eu tão bem conhecia, feita de dias cosidos uns aos outros numa fúnebre burocracia desprovida de inquietações de labareda. Acredita nos sobressaltos, nos grandes lances, nos terramotos interiores, nos voos planados de êxtase? Desengane-se, minha cara, tudo não passa de uma mistificação óptica, de um engenhoso jogo de espelhos, de uma mera maquinação de teatro sem mais realidade que a cartolina e o celofane do cenário que a enformam e a força da nossa ilusão a conferir-lhe uma aparência de movimento. Como este bar e os seus candeeiros Arte Nova de gosto duvidoso, os seus habitantes de cabeças juntas segredando-se banalidades deliciosas na euforia suave do álcool, a música de fundo a conferir aos nossos sorrisos a misteriosa profundidade dos sentimentos que não possuímos nunca; mais meia garrafa e cuidar-nos-íamos Vermeer, tão hábeis como ele para traduzir, através da simplicidade doméstica de um gesto, a tocante e inexprimível amargura da nossa condição. A proximidade da morte torna-nos mais avisados ou, pelo menos, mais prudentes: em Luanda, à espera de seguir dentro de dias para a zona de combate, trocávamos com vantagem a metafísica pelos cabarés safados da ilha, uma pega de cada lado, o balde de espumante Raposeira à frente, e a pequena vesga do strip-tease a despir-se no palco no mesmo alheamento cansado com que uma cobra velha muda de pele. Acordei algumas vezes em quartos de pensão manhosa sem haver entendido sequer como para lá entrara, e vesti-me em silêncio buscando os sapatos sob um soutien de rendinhas pretas no intuito de não perturbar o sono de um vulto qualquer enrolado nos lençóis, e de que percebia somente a massa confusa dos cabelos. De facto, e consoante as profecias da família, tornara-me um homem: uma espécie de avidez triste e cínica, feita de desesperança cúpida, de egoísmo, e da pressa de me esconder de mim próprio, tinha substituído para sempre o frágil prazer da alegria infantil, do riso sem reservas nem subentendidos, embalsamado de pureza, e que me parece escutar, sabe, de tempos a tempos, à noite, ao voltar para casa, numa rua deserta, ecoando nas minhas costas numa cascata de troça.

D

Não, não me dói nada, talvez um pouco a cabeça, uma insignificância, uma impressão, uma tontura. Este rumor monótono de conversa, estes odores misturados, as feições que se desarrumam e se deslocam no acto de falar atordoam-me: não conheço ninguém, não possuo o hábito destes templos exóticos em que se sacrificam não já vísceras de animais mas o próprio fígado, modernas catacumbas a que as lâmpadas votivas das luzes raras e o murmúrio de reza das conversas conferem uma tonalidade de religião sacrílega de que o barman é o bezerro de oiro, imóvel atrás do altar-mor do balcão, cercado pelos diáconos dos frequentadores do costume, que erguem em seu louvor black-velvets rituais. As cruzes do timol substituem os crucifixos, jejuamos pela Páscoa a fim de baixar as gorduras do sangue, comungamos aos domingos vitaminas purificadoras, confessamos ao grupanalista os atropelos à castidade, e recebemos de penitência a sua conta mensal: nada mudou, como vê, salvo que nos consideramos ateus porque, em lugar de batermos com a mão no peito, bate o médico por nós com o diafragma do estetoscópio. Sinto-me aqui, percebe, como sentia em pequeno o meu pai na igreja, nas missas pelos defuntos da família onde chegava invariavelmente a meio, plantado junto à pia de água benta, de mãos atrás das costas, Robespierre de canadiana a desafiar as caixas das esmolas e os olhos de barro triste dos santos. Pertenço sem dúvida a outro sítio, não sei bem qual, aliás, mas suponho que tão recuado no tempo e no espaço que jamais o recuperarei, talvez que ao Jardim Zoológico de dantes e ao professor preto a deslizar para trás no rinque de patinagem sob as árvores, entre os guinchos dos bichos e a campainha do vendedor de gelados. Se eu fosse girafa amá-la-ia em silêncio, fitando-a de cima da rede numa melancolia de guindaste, amá-la-ia com o amor desajeitado dos exageradamente altos, mastigando o chiclets de uma folha pensativa, ciumento dos ursos, dos papa-formigas, dos ornitorrincos, das catatuas e dos crocodilos, e desceria trabalhosamente o pescoço pelas roldanas dos tendões para esconder a cabeça no seu peito em trémulas marradas de ternura. Porque, deixe-me confidenciar-lho, sou terno, sou terno mesmo antes do sexto JB sem água ou do oitavo drambuie, sou estupidamente e submissamente terno como um cão doente, um desses cães implorativos de órbitas demasiado humanas que de quando em quando, na rua, sem motivo, nos colam o focinho aos calcanhares gemendo torturadas paixões de escravo, que acabamos por sacudir a pontapé e se afastam a soluçar decerto, interiormente sonetos de almanaque, chorando lágrimas de violetas murchas. Duas coisas, minha boa amiga, continuo a partilhar com a classe de que venho, desapontando o poster do Guevara, esse Carlos Gardel da Revolução, que pendurei sobre a cama a fim de que me proteja dos pesadelos burgueses, e que funciona um pouco para mim como uma espécie de jóia magnética vitaphor da alma: a emoção fácil que me faz fungar diante da televisão da leitaria à hora da novela, e o medo arrepiado do ridículo. O que eu gostava, por exemplo, de conseguir, sem ostentação nem vergonha, coroar a minha calvície nascente de um chapéu tirolês de pena. Ou de deixar crescer a unha do dedo mínimo. Ou de entalar um bilhete de eléctrico dobrado na aliança. Ou de atender os meus doentes vestido de palhaço pobre. Ou de lhe oferecer o meu retrato em coração de esmalte para você usar quando for gorda, porque será gorda um dia, descanse, todos nós seremos gordos, gordos, gordos e tranquilos como gatos capados à espera da morte nas matinées do Odéon.

Porém, na época de que lhe falo eu tinha cabelo, bastante cabelo, enfim, algum cabelo se bem que aparado regulamentarmente curto e escondido dentro do pires da boina militar, e descia de Luanda a caminho de Nova Lisboa na direcção da guerra, através de inacreditáveis horizontes sem limites. Entenda-me: sou homem de um país estreito e velho, de uma cidade afogada de casas que se multiplicam e reflectem umas às outras nas frontarias de azulejo e nos ovais dos lagos, e a ilusão de espaço que aqui conheço, porque o céu é feito de pombos próximos, consiste numa magra fatia de rio que os gumes de duas esquinas apertam, e o braço de um navegador de bronze atravessa obliquamente num ímpeto heróico. Nasci e cresci num acanhado universo de crochet, crochet de tia-avó e crochet manuelino, filigranaram-me a cabeça na infância, habituaram-me à pequenez do bibelot, proibiram-me o canto nono de Os Lusíadas e ensinaram-me desde sempre a acenar com o lenço em lugar de partir. Policiaram-me o espírito, em suma, e reduziram-me a geografia aos problemas dos fusos, a cálculos horários de amanuense cuja caravela de aportar às Índias se metamorfoseou numa mesa de fórmica com esponja em cima para molhar os selos e a língua. Já lhe aconteceu sonhar de cotovelos apoiados num desses tampos horríveis e acabar o dia num terceiro andar de Campo de Ourique ou da Póvoa de Santo Adrião, a ouvir crescer a própria barba nos serões vazios? Já sofreu a morte quotidiana de acordar todas as manhãs ao lado de uma pessoa que mornamente se detesta? Irem os dois para o emprego no carro, olheirentos de sono, pesados já de decepção e cansaço, ocos de palavras, de sentimentos, de vida? Pois imagine que de repente, sem aviso, todo esse mundo em diminutivo, toda essa teia de hábitos tristes, toda essa reduzida melancolia de pisa-papéis em que neva lá dentro, em que neva monotonamente lá dentro, se evaporava, as raízes que a prendem a resignações de almofada bordada desapareciam, os elos que a agarram a pessoas que a aborrecem se quebravam e você acordava numa camioneta, não muito confortável, é certo, e cheia de tropas, é verdade, mas circulando numa paisagem inimaginável, onde tudo flutua, as cores, as árvores, os gigantescos contornos das coisas, o céu abrindo e fechando escadarias de nuvens em que a vista tropeça até cair de costas, como um grande pássaro extasiado.

De tempos a tempos, no entanto, Portugal reaparecia sob a forma de pequenas povoações à beira da estrada, nas quais raros brancos translúcidos de paludismo tentavam desesperadamente recriar Moscavides perdidas, colando andorinhas de loiça nos intervalos das janelas ou pendurando lanternas de ferro forjado nos alpendres das portas: quem levou séculos a semear igrejas acaba inevitavelmente, por reflexo, a colocar jarras de flores de plástico no tampo dos frigoríficos, do mesmo modo que Tolstoi, agonizante, movia os dedos cegos no lençol repetindo o acto de escrever, com a diferença de as nossas frases se resumirem a boas-vindas de azulejo e a palavras de acolhimento desbotado no capacho da entrada. Até que ao fim da tarde, um fim de tarde sem crepúsculo, com a noite a suceder-se abruptamente ao dia, chegámos a Nova Lisboa, cidade ferroviária no planalto, de que guardo uma confusa lembrança de cafés provincianos e de montras poeirentas, e do restaurante onde jantámos, de espingarda entre os joelhos, observados por mulatos de óculos escuros parados diante de cervejas imemoriais, cujas feições imóveis possuíam a consistência opaca das cicatrizes; durante todo o bife senti-me como que no prefácio do massacre de São Valentim, prestes a tiroteios de Lei Seca, e levava o garfo à boca no aborrecimento mole de Al Capone, compondo nos espelhos sorrisos de crueldade manifesta; ainda hoje, sabe, saio do cinema a acender o cigarro à maneira de Humphrey Bogart, até que a visão da minha imagem num vidro me desiluda: em vez de caminhar para os braços de Lauren Bacall dirijo-me de facto para a Picheleira, e a ilusão desaba no fragor lancinante de um mito desfeito. Meto a chave à porta (Humphrey Bogart ou eu?), hesito, entro, olho a gravura do vestíbulo (já definitivamente eu a olhá-la) e afundo-me no sofá no suspiro de pneu que se esvazia de uma Gata Borralheira ao contrário. Como quando sair daqui, percebe, ao ter acabado de lhe contar esta história esquisita e de ter bebido, em vagares de camelo, todas as garrafas visíveis, e me achar lá fora, ao frio, longe do seu silêncio e do seu sorriso, sozinho como um órfão, de mãos nos bolsos, a assistir ao nascer da manhã numa angústia cremosa que a lividez das árvores macabramente sublinha. As madrugadas, de resto, são o meu tormento, gordurosas, geladas, azedas, repletas de amargura e de rancor. Nada vive ainda e, todavia, uma ameaça indefinível ganha corpo, aproxima-se, persegue-nos, incha-nos no peito, impede-nos de respirar livremente, as pregas do travesseiro petrificam-se, os móveis, agudos, hostilizam-nos. As plantas dos vasos avançam para nós tentáculos sequiosos, do outro lado dos espelhos objectos canhotos recusam-se aos dedos que lhes damos, os chinelos sumiram-se, o roupão não existe, e no interior de nós, teimoso, insistente, dolorosamente lento, caminha este comboio que atravessa Angola, de Nova Lisboa ao Luso, a transbordar de homens fardados que cabeceiam contra as janelas à procura de um sono impossível.

Conhece o general Machado? Não, não se franza, não procure, ninguém conhece o general Machado, cem em cada cem portugueses nunca ouviram falar do general Machado, o planeta gira apesar desta ignorância do general Machado, e eu, pessoalmente, odeio-o. Era o pai da minha avó materna, a qual, aos domingos, antes do almoço, me apontava com orgulho a fotografia de uma espécie de bombeiro antipático de bigodes, dono de numerosas medalhas que tronavam no armário de vidro da sala juntamente com outros troféus guerreiros igualmente inúteis, mas a que a família parecia prestar uma veneração de relíquias. Pois fique sabendo que durante anos, aborrecido e pasmado, escutei semanalmente, em folhetins narrados pela voz emocionada da avó, as proezas vetustas do bombeiro elevadas na circunstância a cumes de epopeia: o general Machado envenenou-me anos e anos o bife introduzindo na carne o mofo indigesto de uma dignidade hirta, cuja rigidez vitoriana me enjoava. E foi precisamente esta criatura nefasta, de que as órbitas globulosas de prefeito ou de cura me reprovavam da parede, recusando-me mesmo a absolvição dúbia que paira como um halo nos sorrisos amarelos dos retratos antigos, que construiu, ou dirigiu a construção, ou concebeu a construção, ou concebeu e dirigiu a construção do caminho-de-ferro em que seguíamos, de rebenta-minas na dianteira, chocalhando numa planície sem princípio nem termo, mastigando as conservas da ração de combate num desapetite em que morava já o medo pânico da morte, que durante vinte e sete meses cresceu na humidade das minhas tripas os seus cogumelos esverdeados. Na messe de oficiais do Luso, espécie de Bairro da Madre de Deus de ruas geométricas e casas económicas plantado no planalto dos bundas, no espírito Portugal dos Pequeninos corporativo que fez do Estado Novo uma constante aberração por defeito ou por excesso, vi, pela última vez em muito tempo, cortinas, cálices, mulheres brancas e tapetes: a pouco e pouco aquilo a que durante tantos anos me habituara afastava-se de mim, família, conforto, sossego, o próprio prazer das maçadas sem perigo, das melancolias mansas tão agradáveis quando nada nos falta, do tédio à António Nobre nascido da crença convicta de uma superioridade ilusória. Por exemplo, a tristeza depois do jantar substituía as palavras cruzadas do jornal, e entretinha-me a preencher os quadradinhos em branco de trabalhosas elucubrações oscilando entre o idiota chapado e o vulgar profundo, limites aliás entre os quais o pensamento lusitano se condensa, equivalentes metafísicos dos versos dos cravos de papel. Compreenda-me: pertencemos a uma terra em que a vivacidade faz as vezes do talento e onde a destreza ocupa o lugar da capacidade criadora, e creio com frequência que não passamos de facto de débeis mentais habilidosos consertando os fusíveis da alma à custa de expedientes de arame. Inclusive o estar aqui consigo talvez não passe de um expediente de arame que me salve da maré-baixa de desespero que me ameaça, desespero de que não conheço a causa, percebe, e que à noite me enrola no visco do seu lodo, me afoga de aflição e de receio, me molha o beiço de cima de um bigode de suor, me faz tremer os joelhos um contra o outro em castanholas de dentadura postiça de porteiro adormecido. Não, a sério, o crepúsculo chega e o coração acelera-se, palpo-o no pulso, as vísceras comprimem-se, a vesícula dói-me, os ouvidos zumbem, qualquer coisa de indefinível e prestes a romper-se palpita, tenso, no meu peito: um dia destes, o porteiro dá comigo estendido nu no chão da casa de banho, um fio de pasta de dentes e de sangue ao canto da boca, as pupilas subitamente enormes contemplando nada, a cheirar mal, sem cor, inchado de gases. Você lê no jornal, não acredita, volta a ler, verifica o nome, a profissão, a idade, e passadas duas horas esqueceu-se e virá aqui, como de costume, ancorar o seu silêncio numa enseada de copos, tilintar em cada mínimo gesto as pulseiras indianas que recordam uma Londres mítica perdida no nevoeiro do passado, na época em que Bob Dylan falava e as pernas das vendedoras do Selfridges eram quase tão atraentes como os sorrisos dos polícias.

Outro vodka? É verdade que não acabei o meu mas neste passo da minha narrativa perturbo-me invariavelmente, que quer, foi há seis anos e perturbo-me ainda: descíamos do Luso para as Terras do Fim do Mundo, em coluna, por picadas de areia, Lucusse, Luanguinga, as companhias independentes que protegiam a construção da estrada, o deserto uniforme e feio do Leste, quimbos cercados de arame farpado em torno dos pré-fabricados dos quartéis, o silêncio de cemitério dos refeitórios, casernas de zinco a apodrecer devagar, descíamos para as Terras do Fim do Mundo, a dois mil quilómetros de Luanda, Janeiro acabava, chovia, e íamos morrer, íamos morrer e chovia, chovia, sentado na cabina da camioneta, ao lado do condutor, de boné nos olhos, o vibrar de um cigarro infinito na mão, iniciei a dolorosa aprendizagem da agonia.

E

Gago Coutinho, a trezentos quilómetros ao sul do Luso e junto à fronteira com a Zâmbia, era um mamilo de terra vermelha poeirenta entre duas chanas podres, um quartel, quimbos chefiados por sobas que o Governo Português obrigava a fantasias carnavalescas de estrelas e de fitas ridículas, o posto da Pide, a administração, o café do Mete Lenha e a aldeia dos leprosos: uma vez por semana eu sacudia o badalo do sino de capela pendurado no meio de um círculo de cubatas aparentemente desertas, no silêncio carregado de ruído que África tem quando se cala, e dezenas de larvas informes principiavam a surgir, manquejando, arrastando-se, trotando, dos arbustos, das árvores, das palhotas, dos contornos indecisos das sombras, larvas de Bosch de todas as idades em cujos ombros se agitavam, como penas, franjas de farrapos, avançando para mim à maneira dos sapos monstruosos dos pesadelos das crianças, a estenderem os cotos ulcerados para os frascos do remédio. O senhor Jonatão, o enfermeiro negro da delegação de saúde nominal, que sorria constantemente como os chineses do Tim-Tim, distribuía as pastilhas na majestade macabra de um ritual eucarístico para desenterrados vivos, alguns dos quais, já cegos, voltavam para ninguém as órbitas desabitadas, reduzidas a uma névoa azul húmida de muco repugnante. Miúdos sem dedos, afligidos de moscas, agrupavam-se numa pinha muda de espanto, mulheres de feições de gárgula segredavam-se diálogos que os céus da boca em ruína tornavam numa pasta de gemidos, e eu pensava na ressurreição da carne do catecismo, como pedaços de tripas a erguerem-se dos buracos dos cemitérios num despertar vagaroso de ofídeos. Um pouco, percebe, como se toda esta gente pálida que cochicha curvada em atitudes de feto, enrolando-se mutuamente em torno das nucas os tentáculos sem ossos dos braços, saísse de roldão a porta do bar, não para a noite domesticada e cúmplice da Lapa, feita do ressonar conjunto de bassets e de condessas, mas para um dia excessivo iluminado pelo sol vertical das salas de operação ou dos ringues de boxe, que revelasse sem piedade as olheiras, as rugas, as pregas de cansaço, a murchidão dos seios, as expressões vazias que nenhum cognac mobila. O senhor Jonatão, regiamente instalado numa cadeira desconjuntada, absolvia de tintura de iodo as feridas que lhe ofereciam pincelando-as de extremas-unções expeditivas, inúteis esconjuros contra a presença da morte, e eu circulava ao acaso de quimbo em quimbo assustando velhas esqueléticas acocoradas à entrada das palhotas, e de que as saias, demasiado largas para as suas ancas de ícones, se assemelhavam às mangas de papel que embrulham as palhinhas de refresco. E havia o cheiro de decomposição de mandioca a secar nas esteiras, a humidade, que se farejava no ar, da chuva que crescia, excrementos secos como os cagalhões de cartão do Entrudo, ratos obesos remexendo o lixo, a chana horizontal ao longe atravessada por um rio sinuoso e estreito como uma veia da mão, e os morcegos a aguardarem o crepúsculo nos vestígios de templo de Diana de uma casa de colono, afogada no capim sem cor do esquecimento.

Gago Coutinho era também o café do Mete Lenha, branco sopinha de massa cujo esforço para falar o torcia de caretas de defecação, casado com uma espécie de botija de gazcidla enfeitada de colares estridentes, sempre a queixar-se aos oficiais dos beliscões com que os soldados lhe homenageavam as nádegas atlânticas, difíceis, aliás, de discernir numa mulher aparentada a um imenso glúteo rolante em que mesmo as bochechas possuíam qualquer coisa de anal e o nariz se aparentava a inchaço incómodo de hemorróida, café para refrescos inocentes nas tão compridas tardes de domingo, e onde pela primeira vez o tenente, confidencial, abriu a carteira para me mostrar a fotografia da criada, e revelou, recostando-se para trás no assento de ferro por demais exíguo para as suas omoplatas enormes, o produto sintético das meditações de uma vida:

— Sopeira em que o patrão não se ponha nunca chega a criar amor à casa.

No edifício sinistro do hospital civil, idêntico a uma pensão de província moribunda de paredes empoladas por furúnculos de humidade, os doentes de paludismo estremeciam de febre nos degraus da entrada, no corredor, na sala de consulta, no cubículo destinado às injecções, à espera das ampolas de quinino na tranquilidade imemorial dos negros, para quem o tempo, a distância e a vida possuem uma profundeza e um significado impossíveis de explicar a quem nasceu entre túmulos de infantas e despertadores de folha, aguilhoado por datas de batalhas, mosteiros e relógios de ponto. Diante da secretária, espessa como um bunker, à qual instalava a minha ciência de manual, a miséria e a fome desfilavam manhã fora na serenidade monótona da chuva de setembro, e a única resposta que a minha impotência me permitia eram as pastilhas de vitaminas da tropa adoçadas por um sorriso de desculpa e de vergonha. Impedidos de pescar e de caçar, sem lavras, prisioneiros do arame farpado e das esmolas de peixe seco da administração, espiados pela Pide, tiranizados pelos cipaios, os luchazes fugiam para a mata, onde o MPLA, inimigo invisível, se escondia, obrigando-nos a uma alucinante guerra de fantasmas. A cada ferido de emboscada ou de mina a mesma pergunta aflita me ocorria, a mim, filho da Mocidade Portuguesa, das Novidades e do Debate, sobrinho de catequistas e íntimo da Sagrada Família que nos visitava a domicílio numa redoma de vidro, empurrado para aquele espanto de pólvora numa imensa surpresa: são os guerrilheiros ou Lisboa que nos assassinam, Lisboa, os americanos, os russos, os chineses, o caralho da puta que os pariu combinados para nos foderem os cornos em nome de interesses que me escapam, quem me enfiou sem aviso neste cu de Judas de pó vermelho e de areia, a jogar as damas com o capitão idoso saído de sargento que cheirava a menopausa de escriturário resignado e sofria do azedume crónico da colite, quem me decifra o absurdo disto, as cartas que recebo e me falam de um mundo que a lonjura tornou estrangeiro e irreal, os calendários que risco de cruzes a contar os dias que me separam do regresso e apenas achando à minha frente um túnel infindável de meses, um escuro túnel de meses onde me precipito mugindo, boi ferido que não entende, que não entende, que não logra entender e acaba por enterrar o triste focinho molhado nos ossos de frango com esparguete do rancho, do mesmo modo, percebe, que aqui, na sua companhia, me sinto cavalo de narinas enfiadas na alcofa de vodka, mastigando o feno azedo do limão.

A seguir ao jantar os jipes dos oficiais giravam de palhota em palhota hesitações de pirilampos: o amor barato e rápido em compartimentos abafados, aclarados por pavios indecisos de petróleo que coloriam as paredes de barro de uma ilusão de capelas. Chegava-se de bisnaga antivenérea no bolso e aplicava-se a pomada através da braguilha aberta à maneira de uma vulva de pano, sob o olhar indiferente de mulheres de dentes serrados em triângulo, acocoradas na cama no alheamento de perfil de certos retratos de Picasso, em cuja curva dos lábios flutuam Guernicas desdenhosas. No mesmo colchão dormiam em regra os filhos, as galinhas e algum antepassado decrépito perdido em pesadelos de múmia, rosnando os hieróglifos dos seus sonhos. O tenente fornicava de pala do boné para trás e pistola à cinta, com o impedido de espingarda em riste a vigiar as redondezas, o oficial de operações mandou vir uma máquina de costura do Luso e cosia bainhas de calça de madrugada ao lado de uma negra esplêndida de enérgicos seios pendentes como os da loba de Roma, e o capitão das damas, instalado ao volante, pedia a raparigas impúberes que o masturbassem, oferecendo em troca cartuchinhos de rebuçados de hortelã-pimenta: o branco chegou com um chicote, cantava o milícia na viola, o branco chegou com um chicote e bateu no soba e no povo, o branco chegou com um chicote e bateu no soba e no povo.

Se você soubesse o que é acordar com vontade de urinar a meio da noite numa noite sem lua, vir cá fora mijar e nada existir em torno, nenhuma luz, nenhuma caserna, nenhum vulto, só o ruído do seu chichi invisível e as estrelas congeladas na meia laranja do céu, afastadas demais, pequenas demais, inacessíveis demais, prestes a desaparecer porque a manhã surge de repente e é dia adulto, acordar a meio da noite e sentir na quietude e no silêncio, percebe, o sono inumerável de África, e nós ali de pernas afastadas, em camisa e cuecas, minúsculos, vulneráveis, ridículos, estranhos, sem passado nem futuro, a flutuar na estreiteza assustada do presente, coçando a flor do congo dos testículos. Já nessa altura certamente você acostara neste bar, com o mesmo cigarro na mão esquerda, o mesmo copo na mão direita e a mesma absoluta indiferença nos olhos, inalteravelmente imóvel, pássaro de pálpebras pintadas pousado no ramo do banco a tilintar as pulseiras indianas na música precisa dos seus gestos. Gosto dos seus gestos, assim automáticos e lentos como os das figuras dos relógios prosseguindo o seu trajectozinho obstinado, acabava-se de urinar e as bolhas ferviam na terra como se a bexiga, sabe como é, fosse uma chaleira a arder, voltava para dentro, e estendia-me na cama esmaltada de branco da enfermaria até o primeiro clarim me extrair em sobressalto dos meus vapores difusos.

De tempos a tempos chegavam visitas inesperadas ao cu de Judas: oficiais do Estado-Maior de Luanda, que o formol do ar condicionado conservava, quinquagená-rias sul-africanas que beijavam os doentes em arroubos de cio da menopausa, duas actrizes de revista a agitarem a descompasso as pernas gordas num palco de mesas, acom-panhadas por um acordeão exausto: jantaram na messe ao lado do comandante reluzente de orgulho, cuja timidez se embrulhava nos sorrisos de um adolescente em falta, enquanto o tenente da criada lhes cirandava em torno, fa-rejando os decotes num êxtase mudo. O capelão, contrito, descia as pálpebras virgens sobre o breviário da sopa.

— Quarenta anos a acumular esperma — calcu-lava o capitão idoso a medi-lo de longe. — Se aquele gajo se vier afoga-nos a todos na água benta dos tomates.

As actrizes acabaram por dormir no posto da Pide, vigiadas por agentes biliosos cujas sobrancelhas se fran-ziam de ameaças indecifráveis. Dizia-se que a mulher do inspector, espanhola magra com aspecto de contorcionis-ta decadente que se exprimia aos gritos numa linguagem de circo, torturava ela mesma os prisioneiros inventando martírios sem subtileza de Lucrécia Bórgia das Portas de Santo Antão. Mais tarde, na Baixa do Cassanje, ouvi falar do enforcamento de um jinga para edificação da sanzala, e dos negros que cavavam um buraco na mata, desciam para dentro, e aguardavam pacientemente que lhes reben-tassem a cabeça a tiro e os cobrissem de areia, puxando um cobertor de terra por sobre o sangue dos cadáveres.

— Filhos da puta, filhos da puta, filhos da puta — repetia o tenente, siderado.

O branco veio com um chicote, cantava o milícia na viola, e bateu no soba e no povo.

F

Já reparou que a esta hora da noite e a este nível do álcool o corpo se começa a emancipar de nós, a recusar-se a acender o cigarro, a segurar o copo numa incerteza tacteante, a vaguear dentro da roupa oscilações de gelatina? O encanto dos bares, não é, consiste em, a partir das duas da manhã, não ser a alma a libertar-se do seu invólucro terrestre e a seguir verticalmente para o céu no esvoaçar místico de cortinas brancas das mortes do missal, mas a carne que se livra, um pouco espantada, do espírito, e inicia uma dança pastosa de estátua de cera que se funde até terminar nas lágrimas de remorso da aurora, quando a primeira luz oblíqua nos revela, com implacabilidade radioscópica, o triste esqueleto da solidão sem remédio. Se nos observarmos bem, aliás, podemos principiar a entrever já o perfil dos nossos ossos, que as vírgulas das olheiras e o acento circunflexo da boca disfarçam de sorrisos melancólicos de que pendem restos murchos de ironia idênticos ao braço inerte de um ferido. Talvez o tipo da mesa ao lado, que o décimo Carvalho Ribeiro Ferreira inclina dezassete graus para bombordo na rigidez de andor de uma torre de Pisa de casaco de veludo à beira de queda catastrófica, seja Amedeo Modigliani a procurar no fundo do cálice um rosto assassinado de mulher, talvez Fernando Pessoa habite aquele senhor de óculos ao pé do espelho, em cuja aguardente de pêra pulsa o volante comovido da Ode Marítima, talvez o meu irmão Scott Fitzgerald, que o Blondin assemelhava a um três-quartos-ponta irlandês, se sente a qualquer momento à nossa mesa e nos explique a desesperada ternura da noite e a impossibilidade de amar, porque, sabe como é, o vodka confunde os tempos e abole as distâncias, você chama-se na realidade Ava Gardner e consome oito toureiros e seis caixas de Logan por semana, e, quanto a mim, o meu verdadeiro nome é Malcom Lowry, sou escuro como o túmulo onde jaz o meu amigo, escrevo romances imortais, recomendo Le gusta este jardín que es suyo? evite que sus hijos lo destruían, e o meu cadáver será lançado na última página, como o de um cão, para o fundo de um barranco. Viemos todos hoje ocupar a inocente Lapa cor-de-rosa imitada de Carlos Botelho da maré-baixa das nossas bebedeiras silenciosas, à superfície das quais cintila, de quando em quando e by appointment of Her Majesty the Queen, o reflexo do génio, e sobre as nossas cabeças ungidas tombam as línguas de fogo de Johnny Espírito Santo Walker: Utrillo, que amarrotava postais ilustrados enquanto pintava, Soutine, o dos meninos do coro e das casas torturadas, Gomes Leal e a sua inocente e tonitruante miséria de menino velho, e nós os dois observando, maravilhados, esta procissão de palhaços sublimes que uma música de circo acompanha. Pode parecer-lhe esquisito mas sempre vivi rodeado de fantasmas numa casa antiga que era como que o espectro de si mesma, desde o portão flanqueado por ananases de pedra à mala dos ossos de Anatomia, que aguardava, arrecadada, a minha vez de a estudar, num perfume doce de incenso e de gangrena. Gatos vadios escondiam-se nos ramos da figueira do quintal como frutos furtivos, cujos olhos pingavam o leite verde de uma desconfiança rápida, nos vidros da salamandra crescia a claridade opala dos versos de Cesário, e na sala o retrato de Antero, de uma dolorosa beleza que o génio calcinava, opunha aos bigodes modestos dos avós o oceano em desordem da sua barba loira, onde naufragavam destroços quebrados de tercetos.

O meu pai, magro e anguloso como um mórmon, viajava à deriva na poltrona, impulsionado pela chaminé de navio do cachimbo. A sombra inchava volumes geométricos nos prédios vizinhos, desenhada por um Soulages triste. E eu masturbava-me no quarto sob a fotografia colorida da equipa do Benfica, na esperança de vir a ser um dia o Águas da literatura, que de cócoras, ao centro, desafiava o universo com o orgulho de mármore de um discóbulo triunfal.

No cu de Judas, oculto por uma farda de camuflado que me fornecia a aparência equívoca de um camaleão desiludido, adiava a minha partida para Estocolmo a bordo de um barco de papel impresso, para viajar de helicóptero, de balões de plasma entre os joelhos, a recolher da mata os feridos das emboscadas, que sobreviventes estupefactos erguiam à maneira dos corpos brandidos dos náufragos. O furriel enfermeiro, a quem a vista do sangue enjoava, ficava à porta da sala de operações improvisada, dobrado como um canivete, a vomitar num banco o feijão do almoço, e eu, tenso de raiva, imaginava a satisfação da família se lhe fosse dado observar, em conjunto e de chapéu de aba larga como na Lição de Anatomia de Rembrandt, o médico competente e responsável que desejavam que eu fosse, consertando a linha e agulha os heróicos defensores do Império, que passeavam nas picadas a incompreensão do seu espanto: c'est un peu dans chacun de ces hommes Mozart assassiné, dizia eu furioso dentro de mim, desbridando tibiais, rodando garrotes, regulando a botija de oxigénio, preparando os amputados para seguirem para o Luso, assim que amanhecesse, na pequena avioneta da FAP, enquanto os maqueiros, no compartimento ao lado, procuravam as veias dos dadores, e o tenente seguia inquieto os meus gestos numa ansiedade que se adensava. Nunca as palavras me pareceram tão supérfluas como nesse tempo de cinza, desprovidas do sentido que me habituara a dar-lhes, privadas de peso, de timbre, de significado, de cor, à medida que trabalhava o coto descascado de um membro ou reintroduzia numa barriga os intestinos que sobravam, nunca os protestos me surgiram tão vãos, nunca os exílios jacobinos de Paris se me afiguraram tão estúpidos: se me perguntam porque continuo no Exército respondo que a revolução se faz por dentro, explicava o capitão de óculos moles e dedos membranosos atrás do seu cigarro eterno, o capitão que puxou da pistola para o pide magrinho que atirara um pontapé a uma rapariga grávida e o expulsou da companhia indiferente às ameaças azedas do outro, o capitão de malas cheias de livros e de revistas estrangeiras que me contavam do que eu não sabia e a quem me juntei meses mais tarde na ilha de arame de Ninda, ao pé do rio, para a travessia sem bússola de uma longa noite.

Os batuques dos luchazes eram concertos de corações pânicos, taquicárdicos, retidos pelas trevas de galoparem sem controlo na direcção da própria angústia, como, por exemplo, as minhas pernas se aproximam a tremer das suas sob o tampo cúmplice da mesa. As órbitas dos tocadores aparentavam-se a ovos cozidos fosforescentes, sem pupila, iluminados pelas fogueiras de palha destinadas a esticar a pele de cabrito dos tambores, ou pelas nádegas que balouçavam, suspensas do nada, à laia das lanternas de um comboio que se afasta. Cada palhota, flanqueada de uma miniatura idêntica destinada ao deus Zumbi, senhor dos antepassados e dos mortos, adquiria os contornos informes da inquietação e do terror, onde os cabíris somavam os seus latidos de medo ao choro das crianças e aos cacarejos interrogativos das galinhas, pássaros imperfeitos reduzidos a um destino de churrasco. O escuro cavava-se de galerias, de corredores, de degraus que os sons penetravam numa procura desesperada, folheando sombras, deslocando rostos, remexendo as gavetas vazias do silêncio em busca do eco de si mesmos, tal como por vezes nos encontramos, aterrados e surpresos, nos objectos esquecidos nas prateleiras dos armários a lembrarem-nos quem fomos numa insistência cruel. O suor dos corpos, gordo e sumarento, possuía textura diversa das tristes gotas arrepiadas que me desciam a espinha, e sentia-me melancolicamente herdeiro de um velho país desajeitado e agonizante, de uma Europa repleta de furúnculos de palácios e de pedras da bexiga de catedrais doentes, confrontado com um povo cuja inesgotável vitalidade eu entrevira já, anos antes, no trompete solar de Louis Armstrong, expulsando a neurastenia e o azedume com a musculosa alegria do seu canto. A essa hora, na minha cidade castrada pela polícia e a censura, as pessoas coagulavam-se de frio nas paragens dos autocarros, a soprarem adiante da boca o vapor de água dos balões das legendas de uma história de quadradinhos que o Governo proibia. Em tronco nu, o meu pai devia barbear-se ao espelho do quarto de banho nos gestos rápidos e precisos do costume, dentro do útero da minha mulher uma criança prestes a nascer socava às cegas as grades de carne da sua prisão, a minha mãe estendia o braço sonolento para o tabuleiro do pequeno-almoço, na grande cama preta que sempre constituiu para mim como que o símbolo do lar. Pensei que nunca soubera de facto mostrar-lhes quanto gostava deles, por timidez ou por pudor, e a ternura tantos anos reprimida trazia-me à boca o sabor amargo do remorso e o desgosto de haver frustrado as suas pequenas esperanças ao transformar a minha vida numa sucessão sem nexo de cambalhotas desastrosas. Planos grandiloquentes, em que Freud, Goethe e São Francisco de Assis convergiam e se combinavam, começaram a grelar-me na cabeça arrependida, à laia de feijões no algodão molhado das experiências do liceu, milagres de algibeira para Lavoisiers mongolóides: se regressasse vertical, jurava eu a mim mesmo num fervor de peregrino de Compostela, afadigar-me-ia a construir, a partir do meu nada confuso, a digna estátua de bronze do marido e do filho ideais, talhado segundo o modelo das pagelas dos mortos no missal da avó, criaturas repletas de qualidades e virtudes à Santa Teresinha e das quais conhecia apenas os sorrisos resignados. Talvez até que me inscrevesse nos escuteiros a fim de pastorear, de apito, calções e autoridade paciente, um grupo de adolescentes borbulhosos através do Museu dos Coches, ou vagueasse pelas esquinas à cata de anciões de bengala com dificuldades em atravessar. Far-me-ia irmão do Santíssimo, clarinete de filarmónica, coleccionador de dentaduras postiças no intuito de expulsar do insuportável sossego dos serões o meu eterno e deletério desejo de evasão. Calaria para sempre a vozinha interior que na cabeça me reclama, teimosa, proezas de Zorro. E ao termo de dolorosa enfermidade suportada com resignação cristã e confortado com os sacramentos da Santa Madre Igreja, ingressaria por meu turno no panteão do missal da avó a juntar-me a uma extensa galeria de chatos bondosos, apontado como exemplo a netos indiferentes, que considerariam com enfado a absurda mornidão da minha existência.

G

Ninda. Os eucaliptos de Ninda nas demasiadamente grandes noites do Leste, formigantes de insectos, o ruído de maxilares sem saliva das folhas secas lá em cima, tão sem saliva como as nossas bocas tensas no escuro: o ataque começou do lado da pista de aviação, no extremo oposto à sanzala, luzes móveis acendiam-se e apagavam-se na chana num morse de sinais. A lua enorme aclarava de viés os pré-fabricados das casernas, os postos de sentinela protegidos por sacos e toros de madeira, o rectângulo de zinco do paiol. À porta do posto de socorros, estremunhado e nu, vi os soldados correrem de arma em punho na direcção do arame, e depois as vozes, os gritos, os esguichos vermelhos que saíam das espingardas a disparar, tudo aquilo, a tensão, a falta de comida decente, os alojamentos precários, a água que os filtros transformavam numa papa de papel cavalinho indigesta, o gigantesco, inacreditável absurdo da guerra, me fazia sentir na atmosfera irreal, flutuante e insólita, que encontrei mais tarde nos hospitais psiquiátricos, ilhas de desesperada miséria de que Lisboa se defendia cercando-as de muros e de grades, como os tecidos se previnem contra os corpos estranhos envolvendo-os em cápsulas de fibrose. Internados em enfermarias desconjuntadas, vestidos com o uniforme dos doentes, passeávamos na cerca de areia do quartel os nossos sonhos incomunicáveis, a nossa angústia informe, os nossos passados vistos pelo binóculo ao contrário das cartas da família e dos retratos guardados no fundo das malas sob a cama, vestígios pré-históricos a partir dos quais poderíamos conceber, como os biólogos examinando uma falange, o esqueleto monstruoso da nossa amargura.

Ocorria-me que quando a notícia da alta chegasse pelo rádio ser-nos-ia necessária uma penosa reaprendizagem da vida, à maneira dos hemiplégicos que exercitam o esparguete difícil dos membros em aparelhos e piscinas, e que talvez permanecêssemos para sempre incapazes de andar, reduzidos à cadeira de rodas de uma resignação paralítica, a observar a simplicidade do quotidiano como o Chaplin dos Tempos Modernos as máquinas pavorosas que implacavelmente o trituram: sair o porteiro e a falsa indulgência dos médicos, construída do cartão pintado de uma boa vontade postiça, encontrar pouco a pouco, ladeira abaixo, a manhã geométrica da cidade que os azulejos decepam em losangos desbotados, penetrar numa leitaria fantasmagórica para o primeiro galão livre, ver os reformados do dominó na eterna postura dos jogadores de cartas de Cézanne, e sentir que se deixou irremediavelmente de pertencer a esse mundo nítido e directo onde as coisas possuem consistência de coisas, sem subterfúgios nem subentendidos, e os dias nos podem ainda oferecer, sabe como é, apesar das anginas, dos cobradores e da letra do carro, a surpresa de vigésimo premiado de um sorriso que se não pediu. Você por exemplo, que oferece o ar asséptico competente e sem caspa das secretárias de administração, era capaz de respirar dentro de um quadro de Bosch, sufocada de demónios, de lagartas, de gnomos nascidos de cascas de ovo, de gelatinosas órbitas assustadas? Estendido numa cova à espera que o ataque acabasse, olhando as hirtas silhuetas de chapéu alto dos eucaliptos idênticas a fúnebres testemunhas de duelo, de G3 inútil no suor das mãos e cigarro cravado na boca como palito em croquete, descobri-me personagem de Becket aguardando a granada de morteiro de um Godot redentor. Os romances por escrever acumulavam-se-me no sótão da cabeça à maneira de aparelhos antiquados reduzidos a um amontoado de peças dispares que eu não lograria reunir, as mulheres com quem me não deitaria ofereceriam a outros as coxas afastadas de rãs de aula de ciências naturais, onde eu não estaria para as esquartejar com o canivete ávido da minha língua, o filho por nascer constituiria apenas a cristalização improvável de uma distante tarde de Tomar, num quarto de messe de oficiais de janela escancarada para a praça, com o sol coalhado nas acácias e nós celebrando na cama a liturgia ardente de um desejo cedo demais desaparecido. Tomar: colchões que rangem como solas, abraços rápidos, o pénis a pique húmido de sede, grosso de veias, vermelho em flor de Pessanha, a mão que o friccionava contra os seios, a boca que o bebia, os calcanhares a lavrarem-me as nádegas, o silêncio exausto, de marionetes desabitadas de dedos, de depois. Hoje, quando a encontro, é como se observasse o rectângulo pálido que as molduras imprimem nas paredes sem que nos consigamos lembrar do desenho da tela, e tento em vão discernir, por detrás das feições envelhecidas e sérias, compondo a custo uma expressão de camaradagem benigna que nunca foi sua, o rosto jovem e alegre que amei, fechado sobre o seu próprio prazer como uma corola nocturna. E todavia, percebe, é desse modo que ela permanece em mim apesar da usura dos anos e do azedume das reconciliações frustradas, das feridas das mentiras mútuas e do desencanto do afastamento definitivo: a rapariga morena e magra, de grandes olhos graves, que conheci na praia, a observar as ondas na majestade longínqua dos carnívoros indiferentes, que parecem de súbito ausentar-se em meditações dolorosas e imóveis, enxotando-nos para o canto de sombra das inutilidades esquecidas. Lembra-se da voz de Paul Simon?

The problem is all inside your head
She said to me
The answer is easy if you
Take it logically
I'd like to help you in your sttruggle
To be free
There must be fifty ways
To leave your lover

She said it's really not my habit
To intrude
Furthermore, I hope my meaning
Won't be lost or misconstrued
But I'll repeat myself
At the risk of being crude
There must be fifty ways
To leave your lover
Fifty ways to leave your lover

You just slip out the back, Jack
Make a new plan, Stan
You don't need to be coy, Roy
Just get yourself free
Hop on the bus, Gus
You don't need to discuss much
Just drop off the key, Lee
And get yourself free

She said it grieves me so
To see you in such pain
I wish there is something I could do
To make you smile again
I said I appreciate that
And you please explain
About the fifty ways

She said why don't we both
Just sleep on it tonight
And I believe in the morning
You'll begin to see the light
And then she kissed me
And I realized she probably was right
There must be fifty ways
To leave your lover
Fifty ways to leave your lover

You just slip out the back, Jack
Make a new plan, Stan
You don't need to be coy, Roy
Just get yourself free
Hop on the bus, Gus
You don't need to discuss much
Just drop off the key, Lee
And get yourself free

Ninda: o milho encostado ao arame folheava toda
a noite as páginas ressequidas, o feiticeiro sorvia o pescoço das galinhas degoladas numa voracidade brutal. O
capitão e eu jogávamos xadrez na mesa da sala de jantar,
entre migalhas e cascas, avançando um peão interrogativo
e reticente semelhante a um dedo que palpa a medo uma
borbulha infectada, ou conversávamos cá fora, sentados
em cadeiras curvas de tábuas de barril, julgando aproxi-
mativamente no escuro a posição do outro através do eco
devolvido das nossas próprias vozes, morcegos aflitos que
se procuram: no meu desordenado Museu Grévin interior
de médicos e poetas, onde Vesálio e Bocage discutiam
pormenores anatómicos picarescos e clandestinos sob
as castas vistas reprovadoras do general Fernandes Costa dos sonetos do Almanaque Bertrand, a quem roubei
sem vergonha, na infância, versos que cintilavam brilhos

de vidro de metáforas de pacotilha que me encantavam, um impetuoso fluxo de barbudos iluminados penetrou de roldão, a entoar alternadamente a Internacional e a Marselhesa, substituindo-se, autoritários, ao doutor Júlio Dantas, ao doutor Augusto de Castro e a mais algumas dezenas de criaturas quitinosas, a bichanarem em sofás Império dramas históricos bordados no ponto de cruz de diálogos de tremoço. O capitão apresentou-me de passagem um Marx que me considerou de longe resmungando economias ininteligíveis no segredo dos colarinhos, Lénine a conspirar, de cabeleira postiça, no meio de um grupo de sobrecasacas ardentes, Rosa Luxemburgo coxeando comovida nas ruas de Berlim, Jaurès assassinado a tiro no restaurante, de guardanapo ao pescoço, à maneira dos gangsters de Chicago a rodopiarem, mortos, nas cadeiras do barbeiro, num estilhaçar de espelhos e de frascos, e eu imaginei-me a entrar casa adentro com eles para assistir ao fugir espavorido dos parentes na direcção da zona de influência dos seus ícones corporativos, estendendo para os vampiros socialistas que lhes arreganhavam a ameaça tremenda da nacionalização das porcelanas familiares, as tranças de alho esconjuratórias das pagelas da Sãozinha. O pelotão que saía à noite para proteger o quartel, alapado nas matas rasas que cresciam, amarelentas, na areia, torcidas de anemia, aproximava-se no escuro, passava sob a lâmpada coberta de um abajur de insectos, dispersava-se sem ruído nas cabanas das casernas, onde a profundidade do sono se media pela intensidade do cheiro dos corpos, amontoados ao acaso como nas fossas de Auschwitz, e eu perguntava ao capitão O que fizeram do meu povo, O que fizeram de nós aqui sentados à espera nesta paisagem sem mar, presos por três fieiras de arame farpado numa terra que nos não pertence, a morrer de paludismo e de balas cujo percurso silvado se aparenta a um nervo de nylon que vibra, alimentados por colunas aleatórias cuja chegada depende de constantes acidentes de percurso, de emboscadas e de minas, lutando contra um inimigo invisível, contra os dias que se não sucedem e indefinidamente se alongam, contra a saudade, a indignação e o remorso, contra a espessura das trevas opacas tal um véu de luto, e que puxo para cima da cabeça a fim de dormir, como na infância utilizava a bainha do lençol para me defender das pupilas de fósforo azul dos meus fantasmas.

Diga-me lá: como é que você dorme? Deitada de bruços, de polegar na boca, num abandono em que se prolongam ainda restos hesitantes da fragilidade infantil, ou de pala negra nos olhos e rolhas de borracha nas orelhas à laia das artistas decadentes do cinema americano ou das mulheres fatais desesperadas de solidão e de champanhe, de pesadelos povoados de divórcios, de cirurgiões plásticos e de ganidos de pêlos de arame parecidos com a caricatura de Audrey Hepburn? Acho que deve ler poetas esotéricos antes de apagar a luz, sujeitos de bigode complexo que aqui vêm às vezes esconder a sua mediocridade intransigente atrás de um gin-fizz, admirados por raparigas sem peito, fumando Gauloises amarrotados na sofreguidão desgrenhada com que as velhas dos asilos devoram a fatia de pão-de-ló dos domingos. Deve ter uma gravura de Vieira da Silva na parede do quarto e o retrato do cineasta sem talento, com quem mantém uma relação desiludida, à cabeceira, deve acordar de manhã num torpor de crisálida titubeante eternamente entre a larva e a borboleta, a tropeçar às cegas para a cozinha na esperança insensata de que o primeiro nescafé, bebido à pressa entre caçarolas sujas, lhe garanta que existe de facto, eficiente e de colete, na gerência de uma qualquer multinacional de sabonetes, o research executive sabiamente terno, de têmporas grisalhas e gravata Pestana & Brito, que o seu horóscopo lhe promete. Pela minha parte, sabe como é, não peço tanto à vida: as minhas filhas crescem numa casa de que cada vez menos me recordo, de móveis bebidos pelas águas de sombra do passado, as mulheres que encontrei depois abandonei-as ou abandonaram-me numa tranquila decepção mútua em que não houve sequer lugar para esse tipo de ressentimento que é como que o sinal retrospectivo de uma espécie de amor, e envelheço sem graça num andar demasiado grande para mim, observando à noite, da secretária vazia, as palpitações do rio, através da varanda fechada cujo vidro me devolve o reflexo de um homem imóvel, de queixo nas mãos, em que me recuso a reconhecer-me, e que teima em fitar-me numa obstinação resignada. Talvez que a guerra tenha ajudado a fazer de mim o que sou hoje e que intimamente recuso: um solteirão melancólico a quem se não telefona e cujo telefonema ninguém espera, tossindo de tempos a tempos para se imaginar acompanhado, e que a mulher-a-dias acabará por encontrar sentado na cadeira de baloiço em camisola interior, de boca aberta, roçando os dedos roxos no pêlo cor de novembro da alcatifa.

H

Escute. Olhe para mim e escute, preciso tanto que me escute, me escute com a mesma atenção ansiosa com que nós ouvíamos os apelos do rádio da coluna debaixo de fogo, a voz do cabo de transmissões que chamava, que pedia, voz perdida de náufrago esquecendo-se da segurança do código, o capitão a subir à pressa para a Mercedes com meia dúzia de voluntários e a sair o arame a derrapar na areia ao encontro da emboscada, escute-me tal como eu me debrucei para o hálito do nosso primeiro morto na desesperada esperança de que respirasse ainda, o morto que embrulhei num cobertor e coloquei no meu quarto, era a seguir ao almoço e um torpor esquisito bambeava-me as pernas, fechei a porta e declarei Dorme bem a sesta, cá fora os soldados olhavam para mim sem dizer nada, Desta vez não há milagre meus chuchus, pensei eu, fitando-os, Está a dormir a sesta, expliquei-lhes, está a dormir a sesta e não quero que o acordem porque ele não quer acordar, e depois fui tratar dos feridos que se torciam nos panos de tenda, nunca os eucaliptos de Ninda se me afiguraram tão grandes como nessa tarde, grandes, negros, altos, verticais, assustadores, o enfermeiro que me ajudava repetia Caralho caralho caralho com pronúncia do norte, viemos de todos os pontos do nosso país amordaçado para morrer em Ninda, do nosso triste país de pedra e mar para morrer em Ninda, Caralho caralho caralho repetia eu com o enfermeiro no meu sotaque educado de Lisboa, o capitão apeou-se da Mercedes num cansaço infinito, segurava a arma à laia de cana de pesca inútil, o povo da sanzala espreitava receoso lá de baixo, escute-me como eu escutava o rápido latir aflito do meu sangue nas têmporas, o meu sangue intacto nas têmporas, pelos buracos da varanda via o capitão a passear de um lado para o outro apertando o viático de um copo de uísque contra o peito, falando sozinho, cada um conversava sozinho porque ninguém conseguia conversar com ninguém, o meu sangue no copo do capitão, tomai e bebei ó União Nacional, o corpo do morto crescia no quarto até rebentar as paredes, alastrar pela areia, alcançar a mata em busca do eco do tiro que o tocou, o helicóptero transportou-o para Gago Coutinho como quem varre lixo vergonhoso para debaixo de um tapete, morre-se mais nas estradas de Portugal do que na guerra de África, baixas insignificantes e adeus até ao meu regresso, o furriel arrumou os instrumentos cirúrgicos na caixa cromada, os canivetes, as pinças, os porta-agulhas, as sondas, sentou-se ao meu lado nos degraus do posto de socorros, espécie de vivenda pequenina para férias de reformados melancólicos, mordomos idosos, governantas virgens, os eucaliptos de Ninda não cessavam de aumentar, estamos os dois aqui sentados agora como ele e eu nesse tempo, abril de 71, a dez mil quilómetros da minha cidade, da minha mulher grávida, dos meus irmãos de olhos azuis cujas cartas afectuosas se me enrolavam nas tripas em espirais de ternura, Foda-se, disse o furriel que limpava as botas com os dedos, Pois é, disse eu, e acho que até hoje nunca tive um diálogo tão comprido com quem quer que fosse.

Escute: antes disso houvera a perna do Ferreira, ou seja, a ausência da perna do Ferreira que uma antipessoal transformou num saco agonizante, as coxas esfarrapadas do cabo Mazunguidi, das quais até ilhós de atacador retirei, o penso de frescura da manhã na minha testa perplexa, chegar ao alpendre do posto de socorros com a camisa manchada de sangue e receber como um insulto a claridade indiferente do dia. Se a revolução acabou, percebe, e em certo sentido acabou de facto, é porque os mortos de África, de boca cheia de terra, não podem protestar, e hora a hora a direita os vai matando de novo, e nós, os sobreviventes, continuamos tão duvidosos de estar vivos que temos receio de, através da impossibilidade de um movimento qualquer, nos apercebermos de que não existe carne nos nossos gestos nem som nas palavras que dizemos, nos apercebermos que estamos mortos como eles, acomodados nas urnas de chumbo que o capelão benzia e de que se escapava, apesar da solda, um odor grosso de estrume, uma do cabo Pereira, uma do Carpinteiro, uma do Macaco, que uma mina assassinou a cinquenta metros de mim, o saco de areia esmagou-lhe as costelas contra o volante no carro tombado de lado, quis fazer massagem cardíaca e o peito era mole e sem ossos e estalava, as palmas premiam uma pasta confusa, bastou um estrondo para tornar o Macaco um fantoche de serradura e de pano, o capitão sumiu-se no casinhoto da messe e voltou com mais uísque no copo, a chana desbotava-se anunciando a noite, o enfermeiro sempre a repetir Caralho caralho caralho veio acocorar-se ao pé de nós, todos dizíamos Caralho de boca fechada, o capitão segredava Caralho ao copo de uísque, o oficial de dia colocou-se em sentido diante da bandeira e os seus dedos, que ajeitavam a boina, gritavam Caralho, os cães vadios que nos roçavam os tornozelos gemiam Caralho nos implorativos olhos molhados, olhos de cães tão suplicantes como os desta gente aqui, húmidos de resignação e de estúpida meiguice, olhos flutuando à deriva acima dos cognacs, olhos acusando os próprios rostos defuntos, desertos e sem nuvens como os dos quadros de Magritte, dezenas de manequins de cera ocuparam este bar oscilando feições compridas de cavalos de loiça, mulheres e homens em cuja desilusão defensiva e maligna me recuso a reconhecer a imagem fragmentária da minha própria derrota, por teimar em pertencer ao grupo das sarças ardentes onde a melancolia apaixonadamente devagar se consome em labaredazinhas magoadas, e depois, sabe como é, a noite chegou de imprevisto à maneira de uma cortina de teatro cobrindo de pregas de ausência os actores exaustos, o motor da luz principiou a trabalhar num ruído de táxi, a lâmpada da messe empalidecia e corava, empalidecia e corava, empalidecia e corava, sentei-me defronte do capitão, na mesa que o Bichezas pusera num ápice de prestidigitador, os alferes comiam em silêncio, de queixo no prato, idênticos a alunos em falta, cada um mastigava sozinho separados por quilómetros de irrecuperável distância, formávamos a cada jantar a anti-Última Ceia, o desejo comum de não morrer constituía, percebe, a única fraternidade possível, eu não quero morrer, tu não queres morrer, ele não quer morrer, nós não queremos morrer, vós não quereis morrer, eles não querem morrer, o primeiro-sargento, magro, grisalho, mesuroso, interrogativo, perfilou-se à porta numa continência sem fim guardando na mão livre um maço de papéis para assinar até o capitão atentar nele, erguer a cabeça, proferir Porra e o sujeito se sumir apavorado com a sua pasta preciosa, o capitão pousou os talheres em cruz e disse Cada vez mais isto me parece um absurdo formidável e eu pensei Acabada a cerimónia cá temos o Ite, missa est do padre, Deo Gratias e dá-me a bênção que por mim me piro já, saio o arame e sigo mata fora com um pedaço de mandioca no bolso como os guerrilheiros, um pedaço de mandioca a cheirar ao caixão do Carpinteiro apodrecendo, branco, no meu bolso, levantei-me a fim de ver a pedra-pomes da lua na chana e veio-me de súbito à ideia o sorriso de Gagarine no regresso, Quando eu chegar que sorriso farei?, perguntei alto, os alferes voltaram-se espantados para mim e o capitão estendeu o braço para a garrafa de uísque, como de manhã, gorduroso de sono, se palpa a mesa de cabeceira à procura do esguicho horrível do despertador para calar a sua campainha dolorosamente estridente, a furar-nos os ouvidos com a lâmina imperiosa de um berro de metal.

Escute: em 62 eu fugia diante da polícia no Estádio Universitário, chusmas de estudantes em debandada na direcção da cantina, o meu irmão João chegou a casa muito sério e disse Parece que mataram um tipo, a polícia de choque avançava de capacete numa fúria de bastões e de coronhas, automóveis da Pide giravam em carrossel pelas Faculdades, o Salazar espetava o dedo, única coisa, decerto, que ele alguma vez espetou, na televisão, ventres calvos aplaudiam-no com fervor beato de sacristia, infelizmente o general Delgado era velho demais para Nuno Álvares e o Mestre de Avis um conezinho de pó na Batalha, a guerra ou Paris e agora escolhe que o Capado é eterno, a segunda parte do segredo de Fátima é a garantia da eternidade do Capado, durante a viagem a orquestra do navio tocava tangos mofentos para bodas de prata, embarquei a 6 de janeiro e na noite do fim do ano tranquei-me no quarto de banho para chorar, um bolo-rei impossível de engolir entupia-me a garganta, empurrei-o a champanhe e ele tombou na barriga no som dos pedregulhos no poço do jardim do avô, plof, provocando círculos concêntricos no lago da canja do jantar, o poço sob as árvores ao pé do muro para a estrada onde se ia fumar às escondidas, o caseiro tirou o chapéu e explicou respeitosamente a coçar a cabeça O que a gente precisa é que venha alguém tomar conta de nós o menino não acha?, e se vier alguém tomar conta de nós o que pensa você que começaria por fazer, levar-me para sua casa, levá-la para minha casa, lavar-nos os dentes, estender-nos na cama, e falar-nos em voz baixa até adormecermos, falar-nos de serenidade e alegria até adormecermos, falar-nos do primeiro de maio de 74 que os políticos inquinavam já da massa folhada sem recheio dos seus discursos veementes, mas onde crescia nas ruas uma irresistível fermentação de esperança, os ministros do Caetano borravam-se de medo na Madeira, os pides borravam-se de medo em Caxias, uma festa de labaredas vermelhas alastrava triunfalmente em Lisboa, quiero que me perdones los muertos de mi felicidad, los muertos de mi felicidad no cacimbo de Angola, seis meses de cacimbo enevoado e capim amarelo a arder ao longe, perdoeme os mortos da minha felicidade quando lhe seguro na mão, quando os meus joelhos apertam os seus, quando a minha boca vai tocar na sua e os olhos se fecham devagar como corolas nocturnas, todos os meus ontens se encontram presentes neste beijo, talvez que as múmias do bar se esfarelem como os vampiros à aproximação do dia num concerto de dobradiças que se quebram, todos os meus ontens, percebe, O que a gente precisa, menino, garantia o caseiro, é que venha alguém tomar conta de nós, Foda-se, disse o furriel de queixo nos joelhos a limpar as botas com o dedo, o corpo do primeiro defunto inchava sob o cobertor, na realidade todo o cais é uma saudade de pedra, Maria José, e aí começámos a perder-nos, três garrafas de uísque por mês a cada oficial para acender a lampadazinha votiva do coração mecânico que teima, o sargento passou por mim e fez a décima nona continência da última meia hora, Boa noite senhor doutor, desapareceu no escuro a caminho da sua confusão de impressos, instalado na cadeira de tábuas de barril lembrei-me do soldado a dormir a sesta na gaveta de chumbo e do apontador de metralhadora a chamar Cabrões de merda aos cabrões de merda que para aqui nos mandaram, professores patetas penteados e preciosos, Cabrões de merda, cabrões de merda, cabrões de merda, o director do Hospital Militar de Tomar mandou chamar-me e anunciou O meu amigo foi mobilizado para Angola, era em agosto e a claridade da manhã fervia, verde, nas janelas, a cidade flutuava na luz, o reflexo do Mouchão tremia na água, mobilizado para Angola num batalhão de Artilharia, Pai, fui mobilizado para Angola num batalhão de Artilharia, na voz pequenina com que comunicava as reprovações na Faculdade, o capitão veio sentar-se na outra cadeira de barril e os cubos de gelo tiniam como moedas numa algibeira no escuro, O rapaz chegou já morto, disse-lhe eu, e nenhum truque de ilusionismo médico o safou, fez-me uma impressão danada ver-lhe os cabelos loiros, parecia-se comigo aos vinte anos, Os tipos emboscaram-se a dois metros da picada, disse o capitão, havia sangue deles nos arbustos, marcas de arrastarem corpos de feridos, a pedra-pomes da lua encalhou nos eucaliptos, enredada nos ramos, o capitão levantou-se, a cara dele aparentava-se à de Edward G. Robinson num filme de Fritz Lang, começou a afastar-se numa marcha de sapo no sentido do armazém do vagomestre, perguntei Onde é que você vai?, o vulto respondeu-me continuando a andar Pendurar os tomates na arrecadação, doutor, se quiser dê-me também os seus que já não precisamos dos gajos para continuar aqui.

I

Porque camandro é que não se fala nisto? Começo a pensar que o milhão e quinhentos mil homens que passaram por África não existiram nunca e lhe estou contando uma espécie de romance de mau gosto impossível de acreditar, uma história inventada com que a comovo a fim de conseguir mais depressa (um terço de paleio, um terço de álcool, um terço de ternura, sabe como é?) que você veja nascer comigo a manhã na claridade azul pálida que fura as persianas e sobe dos lençóis, revela a curva adormecida de uma nádega, um perfil de bruços no colchão, os nossos corpos confundidos num torpor sem mistério. Há quanto tempo não consigo dormir? Entro na noite como um vagabundo furtivo com bilhete de segunda classe numa carruagem de primeira, passageiro clandestino dos meus desânimos encolhido numa inércia que me aproxima dos defuntos e que o vodka anima de um frenesim postiço e caprichoso, e as três da manhã vêem-me chegar aos bares ainda abertos, navegando nas águas paradas de quem não espera a surpresa de nenhum milagre, a equilibrar com dificuldade na boca o peso fingido de um sorriso.

Há quanto tempo de facto não consigo dormir? Se fecho os olhos, uma rumorosa constelação de pombos levanta voo dos telhados das minhas pálpebras descidas, vermelhas de conjuntivite e de cansaço, e a agitação das suas asas prolonga-se nos meus braços em tremuras hepáticas, apenas capazes de um tropeçar desajeitado de galinha, as pernas enrolam-se na colcha numa humidade de febre, por dentro da cabeça uma chuva de outubro tomba lentamente sobre os gerânios tristes do passado. Em cada manhã, ao espelho, me descubro mais velho: a espuma de barbear transforma-me num Pai Natal de pijama cujo cabelo desgrenhado oculta pudicamente as rugas perplexas da testa, e ao lavar os dentes tenho a sensação de escovar mandíbulas de museu, de caninos mal ajustados nas gengivas poeirentas. Mas por vezes, em certos sábados que o sol oblíquo alegra de não sei que promessas, suspeito-me ainda no sorriso um reflexo de infância, e imagino, ensaboando os sovacos, que me despertarão rémiges entre o musgo dos pêlos, e sairei pela janela numa leveza fácil de barco, a caminho da Índia do café.

Como na tarde de 22 de junho de 71, no Chiúme, em que me chamaram ao rádio para me anunciar de Gago Coutinho, letra a letra, o nascimento da minha filha, rómio, alfa, papá, alfa, rómio, índia, golf, alfa, paredes forradas de fotografias de mulheres nuas para a masturbação da sesta, mamas enormes que começaram de súbito a avançar e a recuar, segurei com força as costas da cadeira do cabo de transmissões e pensei Vai-me dar qualquer merda e estou fodido.

O Chiúme era o último dos cus de Judas do Leste, o mais distante da sede do batalhão e o mais isolado e miserável: os soldados dormiam em tendas cónicas na areia, partilhando com os ratos a penumbra nauseabunda que a lona segregava como um fruto podre, os sargentos apinhavam-se na casa em ruína de um antigo comércio, quando antes da guerra os caçadores de crocodilos por ali passavam a caminho do rio, e eu dividia com o capitão um quarto do edifício da chefia de posto, através de cujo tecto esburacado os morcegos vinham rodopiar por sobre as nossas camas espirais cambaleantes de guarda-chuvas rasgados. Sessenta pessoas encerradas na sanzala alimentavam-se em latas ferrugentas dos restos de comida do quartel, mulheres acocoradas sorriam para a tropa o

riso vazio das efígies das canecas de loiça, a que as bocas
sem incisivos conferiam uma profundidade inesperada,
e o soba, septuagenário em farrapos reinando sobre um
povo côncavo de fome, trazia-me à lembrança uma velha
amiga aristocrática da minha mãe que vivia com os cães
e as filhas num andar desabitado de móveis, de pegadas
rectangulares dos quadros nas paredes desertas e a falta
das terrinas assinalada por uma ausência de pó nas prateleiras dos armários. Um enxame de credores impacientes,
padeiro, leiteiro, mercearia, talho, etc., agitava-se à volta
dela brandindo ameaçadoramente facturas por pagar, as
criadas exigiam aos gritos os ordenados em atraso, antigos lutadores de feira, de fato-macaco, destroçados pela
erosão marinha do bagaço, empurravam pelas escadas, a
caminho do prego, o piano de cauda que soltava de tempos a tempos o ganido de protesto de um lá desafinado. E
majestosamente alheia aos credores, às criadas, à lamentosa partida do piano, aos cachorros que urinavam no tapete numa sem-cerimónia medieval, a amiga, instalada
num sofá de que as molas atravessavam o veludo como
as clavículas das mulas idosas o couro gasto dos seus ombros, mantinha a postura soberba das princesas exiladas,
para quem os relógios rodam para trás, marcando horas
que já foram.

Como ela, o soba morava num passado de muitas
mulheres e muitas lavras, na época em que a sua gente,
do Ninda ao Cuando, plantava na mata a mandioca que
os Dakotas agora queimavam na tentativa de dificultar o
avanço dos guerrilheiros que da Zâmbia progrediam para
o planalto do Huambo, com o objectivo de envolverem
a pouco e pouco as cidades do sul: sentado na cadeira de
braços precária, que eu levara da enfermaria para lhe oferecer, e cujo esmalte branco cintilava diamantes de trono
com o último sol, o luchaze, distraído dos gaviões que lhe
cobiçavam os pintos em elipses de gula, vagueava ao aca-

so pela chana um olhar de Santa Helena, que a memória de glórias sumptuosas petrificava. A guerra reduzira-o ao ofício insólito de costureira do quartel, do mesmo modo que os condes russos guiavam táxis nos romances de Ohnet, e instalava à tarde, diante da cubata, uma máquina de costura antiquíssima que se assemelhava aos navios de rodas do Mississipi, na qual passajava as calças rasgadas da tropa nos gestos teatrais de um ilusionista pouco convicto da eficácia dos seus dons, tal como eu penso que a minha mão, a afagar insistentemente a sua mão imóvel, não conseguirá mais que uma rápida noite sem ternura.

O trabalho dos outros, que me proporciona a confortável situação de espectador sem responsabilidade, fascina-me: em miúdo demorava-me horas maravilhadas na oficina do sapateiro vizinho, cubículo onde pairava uma sombra fresca de latada, frequentado por cegos de Greco que, de bengala de listras entre os joelhos, conversavam com o vulto desfocado que batia sola ao fundo, atrás de uma muralha de botas, arrotando o bafo insecticida do tinto. Os cabeleireiros dos drugstores, a desenharem em torno de nucas obedientes bailados de ademanes que se evaporam, levam-me a colar o nariz às cortinas numa imensa sofreguidão de pasmo. O movimento das agulhas de tricot da minha mãe, segregando camisolas num tinir de floretes domésticos, possui para mim o inesgotável encanto do fogo na lareira ou do mar, cuja monotonia sempre diversa me hipnotiza. E após alguns meses de guerra, que assinalava traçando cruzes raivosas em todos os calendários ao alcance, após a perna do Ferreira e a morte do cabo Paulo, professor primário que todas as noites, oblíquo de vinho, dissertava aos berros, diante da messe de oficiais, discursos prolixos acerca das equações de segundo grau, cercado por uma matilha de cães ignorantes a ladrarem furibundos no escuro, ocupava os fins de tarde assistindo aos arrancos exaustos da máquina de costura do soba, de que os cotovelos agudos de bielas se assemelhavam aos de um corredor de marcha no termo de uma prova excessiva. Quando me chamaram ao rádio, o aparelho acabava de se engasgar na deglutição da camisa de um alferes, tossia linhas, botões e pedaços de tecido por diversos orifícios ferrugentos, e o soba, de mãos na cabeça, aflitíssimo, pulava à volta daquela geringonça venerável como Buster Keaton em torno das suas invenções catastróficas.

Espere um instante, deixe-me encher o copo. Quer chupar a rodela de laranja e cuspi-la a seguir no cinzeiro, idêntica a uma fatia baça e seca de sol de outubro, chupar a laranja, de olhos baixos, para se poupar a si mesma o espectáculo derisório da minha comoção, comoção de bêbedo, às duas da manhã, quando os corpos se principiam a deslocar como limpa-pára-brisas, o bar é um Titanic que naufraga e as bocas caladas entoam hinos sem som, abrindo-se e fechando-se à laia dos beiços tumefactos dos peixes? Há qualquer coisa, sabe como é, de galeão espanhol submerso nesta sala, povoado dos cadáveres à deriva da tripulação que uma claridade sublunar diagonalmente ilumina, cadáveres que flutuam sem aderir às cadeiras, entre duas águas, a ondularem os braços sem ossos num vagar de limos. Até os empregados se tornam demorados, sonolentos, criando raízes no balcão à maneira de corais estupefactos que o barman estimula por vezes ao dar-lhes a cheirar o frasco de sais de uma aguardente de pêra, salvando-os dessa forma de um coma vegetal. E aqui estamos nós, afogados também, franzindo de tempos a tempos as vieiras das pálpebras, polvos de aquário borbulhando palavras que a música de fundo dissolve num murmúrio em surdina de maré, você a escutar-me com a tranquila paciência das estátuas (que língua falariam as estátuas, se falassem, que frases se segredam à noite no silêncio oco, de sarcófago com escarradores, dos museus?), você a escutar-me, dizia, e eu contando-lhe da chamada ao rádio para ouvir de Gago Coutinho, palavra a palavra, a notícia do nascimento da minha filha, agarrado às costas da cadeira do cabo de transmissões e a pensar Vai-me dar uma camueca e estou fodido.

Eu tinha-me casado, sabe como é, quatro meses antes de embarcar, em agosto, numa tarde de sol de que conservo uma recordação confusa e ardente, a que o som do órgão, as flores nos altares e as lágrimas da família emprestavam um não sei quê de filme de Buñuel enternecido e suave, depois de breves encontros de fim-de-semana em que fazíamos amor numa raiva de urgência, inventando uma desesperada ternura em que se adivinhava a angústia da separação próxima, e despedimo-nos sob a chuva, no cais, de olhos secos, presos um ao outro num abraço de órfãos. E agora, a dez mil quilómetros de mim, a minha filha, maçã do meu esperma, a cujo crescimento de toupeira sob a pele do ventre eu não assistira, irrompia de súbito no cubículo das transmissões, entre recortes de revistas e calendários de actrizes nuas, trazida pela cegonha da vozinha nítida do furriel de Gago Coutinho, explicando, alfa, bravo, rómio, alfa, charlie, ómega, o abraço do batalhão.

Mille baisers pour ma fille et ma chère petite maman: a minha avó mostrou-me um dia um pedaço de papel frágil como folha de herbário, telegrama em que o avô, na guerra de França, respondia ao parto da minha mãe, e lembrei-me, olhando uma fotografia onde uma rapariga e um cão se lambiam mutuamente o intervalo das coxas, de um homenzinho calado, de cabelos brancos e aparelho auditivo, sentado na varanda da casa de Nelas a mirar a serra, lembrei-me dos fins de tarde na Beira, em setembro, na época recuada em que a família se agrupava à minha volta e à volta dos meus irmãos numa espécie de retábulo enternecido e protector, lembrei-me do sorriso da minha mãe, que tão poucas vezes vi sorrir depois, e do ramo de trepadeira que todas as noites batia contra a janela, chamando-nos para misteriosas proezas de Peter Pan. E agora, encostado ao arame, sozinho, a fim de que me não vissem as lágrimas, encostado ao arame do Chiúme e assistindo ao descer do morro até à chana e, para lá da chana, à mata de morrer do Leste, à mata de morrer magra e pálida do Leste, pensava na minha filha desconhecida num berço de clínica, entre outros berços de clínica que se espiam através da vigia de navio, pensava na filha que tanto desejara como testemunho vivo de mim próprio na esperança de que, por intermédio dela, me redimisse um pouco dos meus erros, dos meus defeitos e das minhas falhas, dos projectos abortados e dos sonhos grandiloquentes a que me não atrevia a dar forma e sentido. Talvez que ela escrevesse um dia os romances que eu tinha medo de tentar e encontrasse para eles a cor e o ritmo exactos, talvez que ela lograsse com os outros a relação próxima e quente e generosa que eu ao mesmo tempo desejava e temia, talvez que nos fosse possível um entendimento pacientemente conquistado que de certa forma me justificasse, e que a mãe dela, durante anos, aguardara em vão. A pieguice, sabe como é, substitui com frequência em mim o desejo genuíno de mudar, e vou ferindo imperturbavelmente as pessoas em nome dessa espécie peculiar de autocomiseração e arrependimento que reveste a maior parte das vezes a forma de um egoísmo feroz. A lucidez que a segunda garrafa de vodka me confere é de tal maneira insuportável que, se não se importa, passamos à claridade tamisada do cognac que tinge a minha mediocridade interior do lilás de uma solidão aflita, que ao menos parcialmente me justifica e me perdoa. Não sucede o mesmo consigo? Nunca teve vontade de se vomitar a si própria? À medida que envelheço e que a necessidade de sobreviver se vai tornando menos urgente e aguda, apercebo-me com maior nitidez de que... Mas aqui está o cognac: ao segundo gole, vai ver, a ansiedade principia a mudar de rumo, a existência recobra a pouco e pouco uma tonalidade agradável, recomeçamos lentamente a apreciar-nos, a defender-nos de nós mesmos, a ser capazes de continuar a destruir. Com este penso a 90 graus no esófago sinto-me livre para retomar a minha narrativa no ponto onde há momentos a deixei: estamos em 71, no Chiúme, e a minha filha acaba de nascer. Acaba de nascer e a essa hora as senhoras do Movimento Nacional Feminino devem estar pensando em nós sob os capacetes marcianos dos secadores dos cabeleireiros, os patriotas da União Nacional pensam em nós comprando roupa interior preta, transparente, para as secretárias, a Mocidade Portuguesa pensa em nós preparando carinhosamente heróis que nos substituam, os homens de negócios pensam em nós fabricando material de guerra a preço módico, o Governo pensa em nós atribuindo pensões de miséria às mulheres dos soldados, e nós, mal agradecidos, alvos de tanto amor, saímos do arame em que apodrecemos para morrer por perversidade de mina ou emboscada, ou deixamos negligentemente filhos sem pais a quem ensinam a apontar com o dedo o nosso retrato ao lado da televisão, em salas de estar onde tão-pouco estivemos. O alferes Eleutério, pequenino e enrugado, com quem fora ter à mata, numa Mercedes, quando um dos seus homens perdera a perna numa antipessoal e se torcia, ainda consciente, na areia, pousou a mão, sem falar, no meu ombro, e foi essa, percebe, uma das raras vezes em que até hoje me achei acompanhado.

J

Deixe-me pagar a conta. Não, a sério, deixe-me pagar a conta e tome-me pelo jovem tecnocrata ideal português 79, inteligência tipo Expresso, isto é, mundana, superficial e inofensiva, cultura género Cadernos Dom Quixote, ou seja, prolixa, esquisita e fininha, opção política Fox-Trot, Pedras d'El-Rei e Casa da Comida, uma gravura de Pomar, uma escultura de Cutileiro e um gramofone de campânula no apartamento, mantendo uma relação emancipada, sinuosa e repleta de curtos-circuitos tempestuosos com uma arquitecta paisagista, que, ao deixar à noite as lentes de contacto no cinzeiro, perde com esse strip-tease de dioptrias o encanto brumoso do olhar das actrizes americanas de Nicholas Ray, para se transformar numa nudez sem mistério de Campo de Ourique, à procura às apalpadelas na carteira da embalagem de microginon. Devíamos todos usar suspensórios para que a alma nos caísse um pouco menos sobre os calcanhares, aconselhava Vidalie aos amigos num bar que Maio de 68 deixara intacto, do mesmo modo que as marés poupam, sem que se saiba bem porquê, certos rochedos da praia, e talvez que assim cessássemos de tropeçar nas dobras das calças dos nossos projectos maquilhados, com tão mau hálito se vistos de perto. Há pouca coisa em que ainda acredito e a partir das três da manhã o futuro reduz-se às proporções angustiantes de um túnel onde se penetra mugindo a dor antiga que se não consegue sarar, antiga como a morte que dentro de nós cresce, desde a infância, o seu musgo pegajoso de febre, convidando-nos à inacção dos moribundos, mas existe também, sabe como é, essa claridade difusa, volátil, omnipresente, apaixonada, comum aos quadros de Matisse e às tardes de Lisboa, que como o pó de África atravessa as frinchas, as janelas cerradas, os intervalos moles que separam uns dos outros os botões da camisa, a parede porosa das pálpebras e a textura de vidro assassinado do silêncio, e não é impossível que a beleza inesperada de uma rapariga jovem, ao cruzar-se connosco sem nos ver no restaurante em que a cabeça da pescada nos fita do prato com órbitas de orgasmo implorativo, nos toque de súbito da franja de milagre de uma cólica de desejo e de alegria. É esse instante de surpresa, esse Natal inesperado, esse júbilo no fundo sem motivo que possivelmente aguardamos ambos aqui, neste bar que desejaríamos habitado do pai de Huckleberry Fynn e das suas bebedeiras furibundas e geniais, imóveis como camaleões à espera da mosca de uma ideia, e mudando de cor conforme a tonalidade do álcool que engolimos. Como eu mudei de cor quando, ao entrar de manhã na casa de banho, dei com o oficial catanguês a lavar os dentes, as gengivas, o céu da boca, a língua, a cara toda, com a minha escova:

— Bonjour, mon lieutenant — borbulhou ele num riso enorme que lhe escorria, em baba cor-de-rosa, pelo queixo.

Tinham arribado dias antes ao Chiúme, uma companhia inteira de negros pequeninos e cabeçudos, de lenço vermelho ao pescoço, cujos bigodes por ajardinar lhes conferiam a aparência falsamente intelectual dos saxofonistas do Festival de Jazz de Cascais, génios da semifusa que o mínimo Ben Webster excomungaria, comandados por um alferes de meia-idade que se apresentou como primo de Tchombé, exprimindo-se num francês de disco Linguaphone a girar na rotação errada:

— J'ai très bien connu Mobutu, mon lieutenant — avisou-me ele a puxar escarro de desprezo das grutas de Altamira dos pulmões —, il était caporal comptable à l'armée belge.

Reunidos e armados pela Pide, constituíam uma horda indisciplinada e petulante a que a emissora da Zâmbia chamava "os assassinos a soldo dos colonialistas portugueses": não faziam prisioneiros e regressavam da mata aos berros, com os bolsos cheios de quantas orelhas lograssem apanhar; apoderaram-se das mulheres da sanzala perante o desespero resignado do soba, cada vez mais perdido na contemplação da chana, apoiando o cotovelo e o que lhe restava da alma na sua máquina de costura definitivamente avariada e que principiava a assemelhar-se a uma baleia morta na praia; eriçavam-se constantemente em exigências e amuos de hóspedes de luxo a esporearem de ameaças a solicitude dos empregados, recusavam serviço numa arrogância de directores-gerais que se cuidam confundidos com o porteiro, e o primo de Tchombé, impávido, banqueteava-se de ratos assados sob os nossos soslaios de vómito, e lavava a seguir os dentes satisfeitos com a minha escova, justificando-se numa simplicidade desarmante:

— Excusez-moi, mon lieutenant, je pensais qu'elle était à tout le monde.

— Sôr pide manda mais que os tropa — verificava o soba numa incredulidade desolada, apontando os paisanos brancos que vinham de tempos a tempos conspirar com os catangueses nos cantos do arame, sujeitos oblíquos de uma amabilidade de mau agoiro, cujo inspector o tenente levantara uma ocasião, na messe de Gago Coutinho, pelo pescoço, por haver insultado de cobarde um oficial que não estava presente:

— Ponha-se lá fora, seu sacana.

Mas logo do Comando de Zona os brigadeiros, autoritários, deram a entender que quem entrasse em conflito com os heróicos patriotas da dêgêésse correria alguns riscos militares desagradáveis, e o tenente embarafustou pelo meu quarto a rodopiar de indignação:

— Tão cabrões são uns como os outros, doutor, e quem anda aqui a foder o coiro somos nós. Veja lá se me arranja uma doençazita decente que tenho nojo do caralho desta guerra.

Eu estava de passagem na sede do batalhão, a caminho de Luanda e das férias de Lisboa, estendido na cama na sesta do almoço, a sentir como um feto o peso do esparguete na barriga.

— Uma doença, doutor — insistia o tenente —, anemia, leucemia, reumatismo, cancro, bócio, uma doençazeca, uma doença de merda que me passe à reserva: o que fazemos nós aqui? Você já se perguntou o que fazemos aqui? Pensa que alguém nos agradece, não, porra, escute lá, pensa que alguém nos agradece? Ainda por cima, imagine o meu azar, recebi ontem carta da minha mulher a participar-me que a criada se despediu, foi-se embora, pirou-se: não estava lá o rapaz para pôr o selo na pequena e o resultado viu-se. Vá por mim, doutor, sopeira em que o patrão não se ponha nunca chega a criar amor à casa. Tinha-lhe comprado meias de renda pretas e cuecas vermelhas, as cores da Artilharia, a minha mulher saía cedo para o emprego, ela trazia-me o pequeno-almoço à cama com as meias e as cuecas, boa como o milho, levantava o lençol, olhava e dizia Ai senhor tenente que hoje está tão grande. Ó doutor, só queria que provasse aquela competência. E os modos? E a delicadeza? Nunca lhe ouvi nenhum palavrão, era sempre: o coiso. O seu coiso isto, o seu coiso aquilo, dê-me o seu coiso, senhor tenente, gosto tanto do seu coiso, meta o seu coiso na minha coisinha. Que é que me responde a isto, hã?

De olhos fechados, com a voz enorme do tenente a rebolar pelo quarto, eu pensava: há onze meses que não vejo cortinas, nem tapetes, nem cálices, nem alcatrão, e era como se essas quatro ausências constituíssem a base elementar de qualquer espécie de felicidade, há onze meses que só vejo morte e angústia e sofrimento e coragem e medo, há onze meses que me masturbo todas as noites, como um puto, a tecer variações adolescentes em torno das mamas das fotografias do cubículo de transmissões, há onze meses que não sei o que é um corpo ao pé do meu corpo e o sossego de poder dormir sem ansiedade, tenho uma filha que não conheço, uma mulher que é grito de amor sufocado num aerograma, amigos cujas feições começo inevitavelmente a esquecer, uma casa mobilada sem dinheiro que não visitei nunca, tenho vinte e tal anos, estou a meio da minha vida e tudo me parece suspenso à minha volta como as criaturas de gestos congelados que posavam para os retratos antigos.

— Amanhã sigo de bimotor para Luanda. Quer que dê uma trancada na sopeira por si?

E de novo a baía, as palmeiras, os pássaros brancos pernaltas, os cafés de militares, os homens de pasta sebenta que trocavam dinheiro a vinte por cento nas esplanadas, o jogo de ancas das mulatas, os engraxadores, os aleijados, a indescritível miséria dos musseques, as putas do Bairro Marçal iluminadas de viés pelos faróis dos jipes, os sujeitos das roças de café nos cabarés da Ilha a palparem bailarinas decrépitas com órbitas globulosas de sapos, cidade colonial pretensiosa e suja de que nunca gostei, gordura de humidade e de calor, detesto as tuas ruas sem destino, o teu Atlântico domesticado de barrela, o suor dos teus sovacos, o mau gosto estridente do teu luxo. Não te pertenço nem me pertences, tudo em ti me repele, recuso que seja este o meu país, eu que sou homem de tantos sangues misturados por um esquisito acaso de avós de toda a parte, suíços, alemães, brasileiros, italianos, a minha terra são 89 000 quilómetros quadrados com centro em Benfica na cama preta dos meus pais, a minha terra é onde o Marechal Saldanha aponta o dedo e o Tejo desagua, obediente, à sua ordem, são os pianos das tias e o espectro de Chopin a flutuar à tarde no ar rarefeito pelo hálito das visitas, o meu país, Ruy Belo, é o que o mar não quer.

Pássaros brancos, traineiras que saíam para a pesca ao início da noite. A hospedeira que me marcara o lugar no avião apareceu de repente a entregar-me um papelinho dobrado enquanto eu me debatia com a complicação do cinto:

— Você tem olhos azuis. Venha ter comigo quando voltar.

L

Às quatro da manhã os espelhos são ainda suficientemente misericordiosos ou opacos para nos não devolverem o rosto amarrotado e encolhido das noites sem sono, que os olhos baços animam de desânimo pisco: o excesso de luz do aeroporto impedia-me de me confrontar nos vidros com a minha silhueta hesitante, inclinada como uma cana de pesca para o peixe gordo da mala, com a gravata que as muitas horas de avião haviam decerto desviado da bissectriz dos colarinhos, transformando-a num trapo mole como os relógios de Dali, com as rugas que se acumulavam em torno das pálpebras, à maneira dos vincos concêntricos de areia dos jardins japoneses; entre o homem que voltava sozinho da guerra à sua cidade e caminhava através de cachos de estrangeiros indiferentes, e nós que nos dirigimos para a saída do bar ao longo de um corredor de nucas e perfis cuja monótona diversidade os aproxima dos manequins da Baixa, petrificados em acenos imóveis de uma inutilidade patética, há apenas a diferença insignificante de alguns mortos na picada, cadáveres que você não conheceu, as nucas e os perfis nunca viram, os estrangeiros do aeroporto ignoravam, e que, portanto, são inexistentes, inexistentes, percebe, inexistentes, inexistentes como a sua ternura por mim, esse rápido sorriso sem afecto que quase não chega a nascer, a mão quieta que aceita com indiferença os meus dedos, a coxa inerte que a minha coxa ansiosamente prime. O seu corpo escapa-se-me como os membros se nos escapam com o sexto drunfo, independentes de nós, flutuando gestos de polvo a que falta o arame dos ossos, e por dentro da sua cabeça giram pensamentos indecifráveis de que me sinto expulso, condenado a permanecer, de pé e à espera, no capacho da entrada dos seus soslaios irónicos, à maneira, sabe como é, de uma lata de conservas de que se não tem a chave. Lembra-se dos pescadores de fim-de-semana da muralha da Marginal, a estenderem toda a noite para o rio o anzolzinho obstinado e feliz? Pois bem, se você pousasse devagar a cabeça no meu ombro, se a sua anca friccionasse a minha até saltar, do encontro de ambas, a chama de sílex de uma erecção contente, se as suas pestanas humedecessem de súbito, ao fitarem-me, de consentimento e abandono, poderíamos talvez achar em nós o mesmo subterrâneo júbilo que a pele contém a custo, o mesmo denso prazer de expectativa e esperança, a mesma alegria que se alimenta de si própria como a manhã devora, nas suas pregas claras, o cintilante coração do dia. Poderíamos envelhecer perto um do outro e da televisão da sala, com a qual constituiríamos os vértices de um triângulo equilátero doméstico protegido pela sombra tutelar do abajur de folhos e de uma natureza-morta de perdizes e maçãs, melancólica como o sorriso de um cego, e encontrar na garrafa de drambuie do aparador um antídoto açucarado contra a conformação do reumático. Poderíamos friccionar-nos mutuamente os bicos de papagaio com bálsamo menopausol, pingar em uníssono, no termo das refeições, as mesmas gotas para a tensão, e aos domingos, depois do cinema, graças ao último beijo do filme indiano do Avis, unirmo-nos em abraços espasmódicos de recém-nascidos, a soprar pelas dentaduras postiças bronquites aflitas de chaleira. E eu, deitado de costas no colchão ortopédico reduzido a uma tábua dura de faquir a fim de prevenir as guinadas da ciática, lembrar-me-ia do jovem saudável e ardente que há muitos anos fui, capaz de repetir sem azia o frango na púcara, para quem o horizonte do futuro não era limitado pelo perfil de cordilheiras dos Andes de um electrocardiograma ameaçador, a regressar da guerra de África para conhecer a filha, numa dessas madrugadas de novembro tristes como a chuva num pátio de colégio, durante a lição de matemática.

A voz feminina, vinda de nenhum lado, que anuncia em três línguas a partida dos aviões, flutuava, imaterial, por sobre a minha cabeça, idêntica a uma nuvem de Delvaux, até se dissolver a pouco e pouco numa espuma de sílabas em que os nomes de cidades estranhas ecoavam, São Salvador, La Paz, Buenos Aires, Montevideu, edifícios de cem andares que as maçãs de Adão dos elevadores percorrem de contínuo para baixo e para cima em deglutições incessantes, vomitando funcionários escuros, de bigodes, cujos sorrisos se abrem como cortinas sobre dentes de oiro de uma amabilidade carnívora. Nesses países veementes, onde os golpes de Estado e os tremores de terra se sucedem numa cadência teatral destinada a tentar despertar (sem êxito) o desinteresse sonâmbulo de um público de cantores de tango que esperam, desde o desastre de Gardel, a Cumparsita que os acorde, poderia iniciar, entre um cacto e uma Dolores, a existência generosa do Camilo Torres que grita em mim, sob sucessivas camadas córneas de egoísmo e de preguiça, a sua indignação apaixonada. Dezenas de Sierras Maestras aguardavam as minhas barbas e o meu charuto, e resolveria tranquilamente problemas de xadrez, encostado a uma árvore, a fazer tremer de medo ditadores barrigudos protegidos pelos óculos Ray-Ban e as pastilhas elásticas da CIA. O empregado da Alfândega, magrinho intolerante que suspeitou decerto em mim o guerrilheiro em embrião, vasculhou-me a mala num azedume minucioso em busca de metralhadoras libertárias.

— Trago um feto de oito meses escondido no meio das camisas — informei-o amavelmente para lhe aguçar a irritação e o zelo. Possuía o aspecto desiludido e frenético de quem se estende ao lado de uma esposa frígida, que apenas o pulmão de aço do folhetim do rádio mantém viva.

— Vocês vêm de Angola convencidos que são uns grandes homens mas isto aqui não é o mato, seu tropa — E a voz dele, a articular as palavras numa entoação Assimil, trouxe-me de súbito à lembrança o professor de português do liceu, sujeito exageradamente cuidado, de unhas polidas e anel de monograma, que recitava Tomás Ribeiro em bicos de sapatos de verniz, puxando do fundo do esófago tremuras de emoção arrebatada:

Palram pega e papagaio
E cacareja a galinha.
Os ternos pombos arrulham,
Geme a rola inocentinha.

— Se fosse, dava-lhe um tiro nos tomates.

O burocrata idoso que seguia à minha frente voltou-se para trás assarapantado, uma senhora disse para outra Chegam todos assim lá de África, coitadinhos, e eu senti que me olhavam como se olham os aleijados que rastejam de muletas nas cercanias do Hospital Militar, sapos coxos fabricados pela estupidez do Estado Novo, que ao fim da tarde, no verão, escondiam os cotos envergonhados nas mangas das camisolas, pombos doentes pousados nos bancos do jardim da Estrela, ou misturando-se com as prostitutas que na Rua Artilharia Um roçam as ancas ossudas pelos Mercedes a diesel de construtores civis de fósforo nos dentes, a suarem de cio sob os chapéus tiroleses. O empregado da Alfândega, que recuara dois passos de pavor, aguardava, encostado à parede, que eu varresse à metralhadora os sacos de viagem empilhados no balcão, sangrando cuecas e peúgas pelos buracos das balas. O burocrata idoso, assarapantado, tocou-me respeitosamente no ombro:

— O feto que traz na mala está num frasco?

Uma fieira de táxis imóveis alongava-se diante do aeroporto, sob a noite e a chuva, solenes como nos cortejos de enterro, pilotados por cabeças que se distinguiam mal no escuro dos estofos, mas que deviam fungar as sinusites perpétuas dos infelizes resignados. O halo de claridade dos candeeiros aparentava-se às auréolas fumosas dos santos nos quadros das igrejas, e eu pensei, fitando as trevas desabitadas e murchas que uma aurora improvável desbotava, Afinal é isto Lisboa, na mesma desilusão incrédula com que visitara a casa de Nelas, muitos anos depois, e descobrira compartimentos exíguos e sem mistério onde tinha deixado enormes salas reboantes percorridas pelo sopro de epopeia da infância.

Sentado no banco traseiro do carro, com os estalos do contador a pularem-me como soluços no esófago, eu procurava desesperadamente reconhecer a minha cidade através dos vidros cobertos de verrugas de água que deslizavam lentamente para baixo num vagar de estearina, e descobria apenas, na tremura precária dos faróis, perfis rápidos de árvores e casas, que se me afiguravam imersas na atmosfera uniforme de solitária viuvez devota comum a certas terras de província, quando o cinema do centro paroquial não emite um filme piedoso acerca da escassez de vocações. A minha lembrança grandiosa de uma capital cintilante de agitação e de mistério copiada de John dos Passos, que alimentara fervorosamente durante um ano nos areais de Angola, encolhia-se envergonhada defronte de prédios de subúrbio onde um povo de terceiros-escriturários ressonava entre salvas de casquinha e ovais de crochet. Um grupo de homens de oleado regava camarariamente a rua na esperança obstinada de que nascessem crisântemos miraculosos do alcatrão, poetas da aurora mascarados de escafandristas, os primeiros cães, esqueléticos como galgos do Escurial, farejavam nas molduras vazias dos umbrais a ideia de um osso. Dentro em breve, sabe como é, mulheres de sapatos de homem e homens sem sapatos desceriam das barracas junto ao cemitério para magras rapinas ávidas nos caixotes do lixo, vasculhando sobras de comida nas latas de conserva e nas garrafas quebradas: os pobrezinhos das minhas tias, a quem no Natal se ofereciam através do prior, demiurgo da caridade anual, fatias de bolo-rei, palavras evangélicas e medicamentos fora do prazo de validade, rodeados de filhos, de piolhos e de gritos, personagens de Vittorio de Sica à deriva no Pátio das Cantigas.

— Merda de país de merda — declarei eu para o chofer, o qual me respondeu com um soslaio desconfiado no retrovisor que lhe reduzia o rosto a um par de pupilas miúdas e hostis, a que o espelho conferia a agudeza protuberante dos reflexos metálicos. Dois bilhetes postais colados ao tablier, um representando Nossa Senhora de Fátima e o outro Santa Teresinha do Menino Jesus, ladeavam um letreiro a escantilhão que exigia com secura que se depositassem as pontas de cigarro numa espécie de bolsa marsupial de alumínio alojada como uma verruga nas costas do banco dianteiro. Estou fodido, um irmão do Santíssimo, pensei eu. E acrescentei alto, no intuito de apaziguar a indignação de cruzada do católico:

— Louvado seja Nosso Senhor Jesus Cristo — tentando imitar o majestoso sotaque beirão dos cardeais-patriarcas, em cujos gestos lentos de turíbulo se escondem desconfianças ossificadas de camponês a quem os comboios confundem.

— A mim, os caminhos de ferro fazem-me sonhar — expliquei ao pagar ao condutor diante do velho portão franqueado de ananases de pedra: o homem considerou-me num imenso espanto incrédulo esquecido do dinheiro, e foi como se tivesse em novembro a revelação do Natal.

A Travessa do Vintém das Escolas, o beco, o muro alto da casa, o pátio da fábrica de curtumes onde latia constantemente um cachorro desesperado, o céu cor de leite da chuva, os ramos secos da buganvília sobre o muro: cheguei, vou subir a escada a arrastar a mala atrás de mim, abrir a porta, entrar, dissolver-me nos teus braços há tanto tempo sós, ver nascer a manhã na janela estreita do tecto, ao teu lado, assistir à chegada de anjo do padeiro, vou tocar a tua pele, as tuas pernas, o intervalo macio e tenro e côncavo das coxas, o espaço claro que separa os seios e possui o brilho nacarado de certas conchas secretas que a vazante exibe com o orgulho de um tesouro, vou entrar em ti devagar, até ao fundo, apoiado nos braços estendidos para assistir à alegria gritada do orgasmo, ao rosto a rodopiar na almofada coberto de uma elipse de madeixas, às órbitas de repente cegas, de repente opacas, que as pestanas escurecem de franjas trémulas de paramécia. É difícil falar disto assim, percebe, junto ao porteiro do bar simultaneamente intransigente e obsequioso, que exige a gorgeta numa subserviência peremptória de assalto à mão armada, curvando para mim os galões da manga à maneira do elefante do Jardim Zoológico a estender a tromba mole para o molhe de cenouras do tratador. É difícil, compreende, tanto mais que não encontro no bolso uma moeda sequer para satisfazer os apetites autoritários da criatura que principia a franzir as sobrancelhas na hostilidade sem nuances dos grandes animais irados, pronto a espezinhar-me com as patas enormes dos sapatos numa fúria elementar de paquiderme, e a transformar-me os braços em arabescos torcidos Arte Nova idênticos às hastes sabiamente oxidadas dos candeeiros, capazes de arrancarem das calvícies cintilações lunares. De modo que trepei os degraus com a mala a arrastar atrás de mim à laia de uma cauda incómoda e uma explosão de lágrimas a inchar, enovelada, na garganta, encontrei uma mulher numa cama e uma criança num berço dormindo ambas na mesma crispação desprotegida feita da fragilidade e abandono, e fiquei parado no quarto com a cabeça cheia ainda dos ecos da guerra, do som dos tiros e do silêncio indignado dos mortos, a escutar, sabe como é, os sonos que se entrelaçavam numa rede complicada de hálitos, um tornozelo da minha mulher sobrava, pendente, dos lençóis, e eu comecei a afagá-lo de leve até ela acordar, afastar os cobertores sem uma palavra, e me receber inteiro na cova morna do colchão. A voz gorda do tenente, rebolando de muito longe, repetia Pôr o selo na patroa, pôr o selo na patroa, pôr o selo na patroa, doutor é preciso pôr o selo na patroa, os capitães vindos de sargentos jogavam as damas na messe, o Ferreira cicatrizava o coto da perna que já não tinha, no Luso, e eu sentia-me a fazer amor por todos eles, entende, a vingar o sofrimento e a angústia de todos eles num corpo aberto como uma corola nocturna, a cerrar-se devagar sobre os meus rins exaustos.

Talvez que um dia, se nos conhecermos melhor, lhe mostre o retrato que guardo na carteira da minha filha de olhos verdes que mudam de tonalidade quando chora, e se tornam da cor do mar intratável do equinócio a saltar a muralha num tricot zangado de espuma, lhe mostre o seu sorriso, a sua boca, o seu cabelo loiro, a filha que sonhei nove meses nos suores de Angola porque a gente é que somos de verdade e o resto nunca que existiu, dizia o Luandino, a gente é que somos de verdade, ela e eu, o seu corpo alto, as suas mãos tão parecidas com as minhas, a infatigável curiosidade das suas perguntas, a sua inquietação aflita acerca do meu silêncio ou da minha tristeza, a gente é quem somos de verdade resto tudo é mentira, lhe mostre a expressão séria da minha filha que não vi inchar na barriga crescida da mãe, a filha para quem eu era uma fotografia que se aponta com o dedo e me encarava com a raiva com que se recebem os intrusos, eu chegado de África deitado com ela no meu colo tardes a fio, sorrindo um para o outro o riso de entendimento antigo e sábio que as crianças de quatro meses herdaram dos álbuns e demoram anos e anos a perder, Está a dormir a sesta e não quero que o acordem, declarei eu para os soldados, o capelão cirandava em torno da urna a desenhar cruzes com os dedos, o tenente resmungava Caralho de guerra caralho de guerra caralho de guerra, sou paisano de novo por uns dias e viajo na geografia mansa do teu corpo, no rio da tua voz, na sombra fresca das tuas palmas, na penugem de peito de pomba do teu púbis, mas eu e Xana e tu chuva de sábado é que somos ainda a verdade, o choro súbito da nossa filha na noite dos lençóis a acordar-nos, os biberões aquecidos na cozinha em noites de angústia e de esperança, não, oiça, hoje, quando me deito, o futuro é um nevoeiro fechado sobre o Tejo sem barcos, só um grito aflito ocasional na bruma, viverei muito tempo dentro dos teus gestos, minha filha, a família veio ver-me com a curiosidade com que se assiste a salvo a um tremor de terra, uma derrocada, um suicídio, um desastre, um homem de bruços no chão junto a um automóvel amarrotado, um epiléptico aos saltos no passeio, um cardíaco abraçado ao coração na mercearia, as rugas graves do meu pai, as piadas dos tios, discursos bêbedos do cabo Paulo que uma mina levou, e de repente o avião da partida, a minha mulher encostada a uma coluna sem falar, nenhum cuspo na boca, sabe como é, a língua seca como a das galinhas, as luzes da minha cidade lá de cima, Vi passar o boingue em que ias da janela da sala e senti um aperto que nem quê.

M

Para sua casa ou para a minha? Moro por trás da Fonte Luminosa, na Picheleira, num andar de onde se vê o rio, a outra banda, a ponte, a cidade à noite estilo impresso desdobrável para turistas, e sempre que abro a porta e tusso o fim do corredor devolve em eco o meu pigarro e vem-me como que a sensação esquisita, percebe, de me dirigir ao meu próprio encontro no espelho cego do quarto de banho onde um sorriso triste me aguarda, suspenso das feições como a grinalda de um Carnaval que acabou. Já lhe aconteceu observar-se quando está sozinha e os gestos se atrapalham numa desarmonia órfã, os olhos procuram no seu reflexo uma companhia impossível, a gravata de bolas nos confere o aspecto derisório de um palhaço pobre a representar o seu número sem graça para um circo vazio? Costumo sentar-me em alturas como essas no chão do quarto das minhas filhas, que de quinze em quinze dias me visitam espalhando migalhas e cromos nos compartimentos desertos, e cujos sonos vigio numa solicitude comovida, a tropeçar em pernas de bonecas, em livros de quadradinhos e em berços de baquelite, dispostos na alcatifa segundo um código misterioso que tento penosamente reconstituir na sua ausência, do mesmo modo que, diante das fotografias dos mortos, procuramos na memória as expressões fugitivas que por demasiado líquidas os retratos deixam passar por entre os dedos. Às terças e sextas-feiras, uma cabo-verdiana que nunca vi, e com quem comunico por intermédio de mensagens cerimoniosas depositadas no armário da cozinha, repõe os objectos e os móveis na ordem excessivamente geométrica da solidão, a que a falta de pó confere a impessoalidade asséptica de uma sala de pensos, e pendura no arame da varanda a minha monótona roupa de homem que nenhum soutien alegra de sugestões conjugais. De tempos a tempos, mulheres encontradas por acaso no canto de sofá de uma reunião de amigos, como quem descobre trocos inesperados no bolso do casaco de inverno, sobem comigo no elevador para uma rápida imitação do deslumbramento e da ternura de que conheço já de cor os mínimos detalhes, desde o desenvolto uísque inicial ao primeiro soslaio de desejo suficientemente longo para não ser sincero, até o amor acabar no chapinhar do bidé, onde as grandes efusões se desvanecem à custa de sabonete, raiva e água morna. Despedimo-nos no vestíbulo trocando números de telefone que imediatamente se esquecem e um beijo desiludido que a falta de baton torna incolor, e elas evaporam-se da minha vida abandonando no lençol a mancha de clara de ovo que constitui como que o selo branco que certifica o amor acabado: apenas um perfume estranho, a vestir-me os sovacos de odores de cocote, e um traço de base no pescoço descoberto na manhã seguinte durante o hara-kiri sangrento da barba, me garantem a breve passagem real pela minha cama do que cuidava já serem os imprecisos artefactos que a melancolia inventa. Entretanto, as torneiras e os autoclismos principiam um a um a deixar de funcionar, os estores empenam como pálpebras complicadas impossíveis de abrir, a humidade cresce no interior dos armários ilhas confluentes de bolor: lentamente, insidiosamente, a casa morre: as pupilas fundidas das lâmpadas fitam-me numa névoa de agonia, da boca aberta escapa-se o hálito de corrente de ar das respirações exaustas: sentado à secretária do escritório sinto-me na ponte de comando deserta de um navio que se afunda, com os seus livros, as suas plantas, os seus manuscritos inacabados, as cortinas que não há sopradas pelo vento pálido de uma felicidade difusa. O prédio que constroem à minha frente emparedar-me-á em breve à maneira dos personagens de Poe e somente os meus dentes cintilarão nas trevas, como os dos esqueletos antigos acocorados num ângulo de caverna, a abraçarem os ossos dos joelhos com os tendões amarelecidos dos cotovelos.

E você como faz? Imagino-a, sabe como é, num cenário a meio caminho entre a filosofia oriental e a esquerda ponderada e lúcida, para quem Maio de 68 representou uma espécie de aborrecida doença da infância que reduziu o sonho ao marxismo desencantado, utilitário e cínico de certas burocracias do Leste: muitas almofadas pelo chão, um odor de incenso e de patchouli a flutuar sobre os bibelots indianos, um gato siamês desdenhoso como uma prima-dona, livros de Reich e Garaudy a prosseguirem nas prateleiras os seus monólogos veementes de profetas, a voz de Leo Ferré que emerge em espirais de paixão febril do gira-discos. Arquitectos de bigode, cuidadosamente mal vestidos, ocupam de tempos a tempos a sua cama de ferro de antiquário de Sintra, enchendo de pontas de cigarro sem filtro os cinzeiros design, ou afagando os cabelos hirsutos do peito em elucubrações onde se adivinham perfis de supermercados por projectar. De manhã, a porteira, intratável e gorda, recolhe os caixotes do lixo vociferando insultos silenciosos pelas sobrancelhas pesadas de buldogue. Do andar do lado chegam as guinadas furibundas de uma discussão conjugal, acompanhada do som de loiça que se quebra. Um sol alegre como o riso de um polícia toca xilofone nas persianas. De chinelos, na cozinha, você prepara um café forte como um electrochoque que a projecte para fora do seu invólucro de sono na direcção do emprego, ao volante de um R4 creme, de traseira amachucada por um táxi colérico. Habitantes da mesma cidade, passámos talvez anos e anos um pelo outro sem nos vermos, frequentámos os mesmos cinemas, lemos os mesmos jornais, assistimos ambos, pontualmente, aos episódios da telenovela, na mesma irritação interessada. Somos, se assim me posso exprimir, contemporâneos, e as nossas trajectórias paralelas vão finalmente encontrar-se em minha casa (porque o odor do incenso me enjoa) no júbilo mole com que dois fios de esparguete se cruzam. Quer que ligue o rádio do carro? Pode ser, pode sempre ser que o noticiário das três nos anuncie a ressurreição da carne e cheguemos ao cemitério de Benfica a tempo de ver sair do jazigo da família as senhoras de sombrinha do álbum de retratos cujos imensos bustos me continuam a intrigar. O quê? A guerra de África? Tem razão, divago, divago como um velho num banco de jardim perdido no esquisito labirinto do passado, a mastigar recordações no meio de bustos e de pombos, de bolsos cheios de selos, de palitos e de capicuas, movendo continuamente os queixos como se premeditasse um escarro fantástico e definitivo. O certo é que, à medida que Lisboa se afastava de mim, o meu país, percebe, se me tornava irreal, o meu país, a minha casa, a minha filha de olhos claros no seu berço, irreais como estas árvores, estas fachadas, estas ruas mortas que a ausência de luz assemelha a uma feira acabada, porque Lisboa, entende, é uma quermesse de província, um circo ambulante montado junto ao rio, uma invenção de azulejos que se repetem, aproximam e repelem, desbotando as suas cores indecisas, em rectângulos geométricos, nos passeios, não, a sério, moramos numa terra que não existe, é absolutamente escusado procurá-la nos mapas porque não existe, está lá um olho redondo, um nome, e não é ela, Lisboa começa a tomar forma, acredite, na distância, a ganhar profundidade e vida e vibração, Luanda enevoada subiu ao meu encontro, o alferes médico abandonou o avião dobrado pelo peso de trinta e cinco dias de angústia e de alegria a repetir dentro de mim mesmo Surtout pas d'émotion, como aconselhava o Blondin, a repetir em cada degrau Surtout pas d'émotion, Surtout pas d'émotion, Surtout pas d'émotion, a janela da pensão abria para a manhã confusa da Mutamba, tirei a fotografia da minha filha da mala e coloquei-a entre o telefone e o copo de água naquele quarto anónimo a cheirar a desinfectante, a fórmica e a goma, estendi-me calçado e de casaco em cima da colcha, a tulipa de vidro do tecto dividiu-se em duas e adormeci.

A noite surge depressa demais nos trópicos, após um crepúsculo fugaz e desinteressante como o beijo de um casal divorciado por mútuo consentimento. As palmeiras que bordam a baía acenavam as rémiges das folhas em voos preguiçosos, as traineiras abandonavam o cais arrotando o gasóleo do jantar, o néon dos cabarés da Ilha piscava as pálpebras demasiado pintadas, em cujo chamamento ansioso ecoavam os apelos das mulheres das barracas de tiro do Parque Mayer, cujas vozes roucas me povoaram os sonhos, na adolescência, de crocitos apavorantes. O calor vestia-nos os gestos de algodão pegajoso, e a água chegava a ferver dos canos num assobio de géiser. Jantei sozinho num restaurante da Baixa, repleto de homens nédios, de pescoços a luzirem de suor como os dos bois minhotos, e dedos povoados de anéis de pedras pretas ou vermelhas, que submergiam no caldo verde bigodes de lontras esfomeadas. Um negro corcunda tentava sem sucesso impingir de mesa em mesa bonecos talhados a canivete de uma vulgaridade de plástico, até o empregado o enxotar com o guardanapo que pendurava do ombro, tão escuro de nódoas e fuligem como o lenço de um tomador de rapé. Um velhote calvo, de carranca de chafariz, abocanhava num canto uma mulata protegida da sua sanha por três voltas de colares, ocupada a devorar um gelado gigantesco, monstruoso de frutas cristalizadas e de cremes, com uma cereja obscena no topo.

Uma máquina eléctrica de discos vomitava aos guinchos pasodobles de clube recreativo paranóico, e com o pano de fundo dessas sugestões toureiras que me obrigavam a berrar no bocal urros tremendos de cadeira de dentista, telefonei à hospedeira da TAP que me esperava, de Logan em riste, num terceiro andar do Bairro Prenda, metida nuns jeans tão apertados que quase se percebia, através do tecido, o pulsar das veias das coxas. Um cão minúsculo, parecido com um rato pernalta e magro, reteso de hostilidade azeda, veio ladrar-me, furioso, aos tornozelos, e eu pensei em levá-lo de presente ao alferes catanguês para o pequeno-almoço de domingo, no intuito amável de lhe variar a dieta. A rapariga agarrou nele por uma pata, atirou-o para o interior da cozinha onde o bicho tombou num ganido lancinante de fracturas múltiplas, e fechou a porta com um pontapé: o passo seguinte seria, provavelmente, esmagar-me os testículos com uma joelhada de artes marciais, e no dia imediato encontrariam o meu cadáver, horrorosamente mutilado, no meio de móveis em desordem e de pedaços de garrafas.

— Olá, Modesty Blaise — disse eu a encolherme. Os peitos dela, sob a camisola estampada, assemelhavam-se a duas pêras enormes debaixo de um guardanapo Coca-Cola: sem a farda, perdia o coeficiente de mistério que eu teimo em atribuir aos anjos por vício que me ficou do catecismo, mesmo aos que servem refeições de celofane num corredor de avião. O apartamento cheirava a roupa por lavar e a comida enlatada de animais, a noite de África entrava pela janela aberta num hálito grosso de presépio, na cama por fazer um livro de poemas de Éluard veio prometer-me de repente um horizonte de doçuras insuspeitadas e frágeis naquela amazona violenta, chegada, sabe como é, de não sei que céu, incumbida da missão específica de quebrar as enervantes colunas vertebrais dos cachorros de luxo e de pulverizar os tomates medrosos dos guerreiros de passagem, em trânsito para o arame farpado e para a morte, pobres bichos fardados escondidos nas gaiolas de madeira das casernas.

— O que é que você toma, Olhos Azuis? — perguntou ela num sorriso carnívoro de acordeão que se desdobra e me trouxe à memória o livro, cheio de imagens assustadoras, do Capuchinho Vermelho da minha infância: É para te comer melhor minha netinha, e o Lobo, de touca, exibia dos lençóis, a babar-se, os dentes pontiagudos.

Para te comer melhor minha netinha, para te comer melhor minha netinha, para te comer melhor minha netinha: a boca dela crescia na minha direcção, côncava, gigantesca, sem fundo, as unhas vermelhas aumentavam até me roçar a pele, hálitos frios de carne crua aproximavam-se de mim, a gruta de um esófago de poço, onde o pedregulho do meu corpo tombaria num roldão de queda, nascia-lhe na raiz de ganga das coxas. O cão minúsculo arranhava a porta da cozinha em guinchos melancólicos. Pousei o copo numa mesa de bambu onde o umbigo de um buda pantagruélico estremecia gargalhadas de loiça, e o tilintar dos cubos de gelo trouxe-me à lembrança o sino que comprara para o berço da minha filha e que guitarrava vagarosamente uma melodia sem nexo: a essa hora, em casa, a minha mulher aquecia o biberão da meia-noite, o cigarro ardia no cinzeiro de estanho serenidades azuladas de turíbulo, o conforto dos silêncios domésticos arredondava as dolorosas arestas do desespero, uma eternidade de retábulo medieval inventava anjos gordos pelo tecto. Talvez que o sofá da sala conservasse ainda a fugaz impressão digital das minhas nádegas, e um resto diluído dos meus traços flutuasse na água vazia dos espelhos, pupilas inertes que se esquecem. Todo um universo de que me achava cruelmente excluído prosseguia, imperturbável, na minha ausência, o seu trote miúdo ritmado pelo coraçãozinho ofegante do despertador, uma torneira qualquer suava um pingo perpétuo nas trevas. A rapariga sacudiu o livro de Éluard da cama (larmes des yeux les malheurs des malleureux) no gesto de quem enxota migalhas de pão de uma toalha, e deslizou nua para fora da roupa a agitar as crinas dos cabelos compridos à laia de uma grande égua ávida que espera, a relinchar uma espécie de vapor pelas narinas abertas. Em Lisboa, a minha filha, de olhos fechados, começava o biberão, e as orelhas dela, à luz da lâmpada, adquiriam a transparência cor-de-rosa do mar de Antonioni, enrolando em si próprio espirais delicadas. Despi as calças, desabotoei a camisa, o umbigo do buda troçava da minha magreza pálida e aflita, estendi-me no colchão, envergonhado do tamanho do meu pénis murcho que não crescia, não crescia, reduzido a uma tripa engelhada entre os pêlos ruivos lá de baixo, a hospedeira pegou-lhe educadamente com dois dedos como num jantar de cerimónia não sei se com surpresa ou com desgosto, Entesa-te minha besta, ordenei-me eu dentro de mim, a minha filha suspendeu o biberão para arrotar e os olhos dela fitavam para dentro, desfocados, toquei a vulva da rapariga e era mole, e morna, e tenra, e molhada, encontrei o nervo duro do clitóris e ela soltou um suspirozinho de chaleira pelo bico esticado dos beiços, Pela alminha de quem lá tens entesa-te, supliquei a mirar de viés a minha pila morta, não me deixes ficar mal e entesate, pela tua saúde entesa-te, entesa-te, foda-se, entesa-te, a minha mulher mudava fraldas de alfinete de ama na boca, o tenente devia falar na criada ao capelão aterrado que se benzia, os caixões na arrecadação aguardavam que eu me estendesse, obediente, no forro de chumbo, a rapariga parou de me beijar, apoiou-se no cotovelo como as figuras dos túmulos etruscos, passou-me a mão na cara e perguntou O que é que não vai bem, Olhos Azuis?, e eu encolhi os ombros, rodei até ficar de bruços no lençol e desatei a chorar.

N

Depois de correr aflito pelo alcatrão, a agitar as asas numa ânsia de asma em busca do ar que lhe faltava, o Nord Atlas soltou-se dificilmente da pista num voo desordenado e torto de perdiz, roçando com as penas gordas da barriga o telhado de zinco dos musseques, em que a miséria dos homens e dos cães se afogava numa humidade quente de barrela. Apertado contra os outros no único banco comprido do avião, entre caixotes, fardos, sacos e malas ("o meu país na gare de Austerlitz"), eu, emigrante forçado da guerra de regresso ao bidonville do arame, olhava pelas janelas estreitas do avião a Ilha de Luanda a encolher-se na distância, a cidade esvaziada de volume, subitamente pequena, o mar de vidro da baía, ruas miniaturais que se torciam, sobrepunham e cruzavam como enguias num cesto, o Bairro Prenda da minha derrota, onde o cão execrável devia latir de júbilo em torno de um lençol sem manchas: acabara por esconder a vergonha nas cuecas às primeiras horas da manhã, observado pela piedade divertida da mulher, e introduzira-me obliquamente no elevador à maneira de um passageiro clandestino que se evade, desiludido, de um navio que não largou do cais, até um táxi me varrer os restos para a pensão da Mutamba, cujo néon leitoso estrebuchava os derradeiros estremecimentos de uma cobra que agoniza. A negra enorme a cabecear na entrada diante do painel das chaves ergueu para mim uma pálpebra indiferente de hipopótamo em que julguei perceber a cintilação fugidia de um sarcasmo. E ao entrar no quarto apeteceu-me cuspir no copo de água o coral da dentadura postiça capaz de me fazer aceitar com menor sofrimento o meu fracasso: mas os queixais permaneciam teimosamente grudados às gengivas, a testa não se me enrugava ainda nos espelhos, e alcançaria provavelmente o ano dois mil com a próstata em sossego e a margem suficiente de futuro para ajardinar a esperança. De modo que fechei a janela, desci os estores, e principiei a narrar mentalmente à lâmpada do tecto a história do náufrago irremediável que de quando em quando me sentia.

Éramos cerca de vinte militares que tornavam ao Leste, a fumar em silêncio no banco de pau, de feições desabitadas de expressão à laia dos retratos das fotomatons, por detrás das pupilas das quais se não adivinha a suspeita de qualquer emoção, e eu pensei que vivia há um ano no arame com os mesmos homens sem os conhecer sequer, comendo a mesma comida e dormindo o mesmo sono inquieto entrecortado de sobressaltos e suores, unidos por uma esquisita solidariedade idêntica à que irmana os doentes nas enfermarias de hospital, feita do comum, sabe como é, receio, pânico da morte, e da inveja feroz dos que prosseguem lá fora um quotidiano sem ameaças nem angústia a que se deseja desesperadamente voltar, escapando à absurda paralisia do sofrimento, vivia há um ano com os mesmos homens e não sabíamos nada uns dos outros, não decifrávamos nada nas órbitas ocas uns dos outros, o rosto com que se saía para a mata era rigorosamente idêntico ao que se trazia da mata, só que mais amarrotado e coberto de um musgo verde de barba, as vozes possuíam o timbre de neutralidade anónima dos interfones, os sorrisos raros assemelhavam-se às chamas das velas apagadas de que Lewis Carroll fala, os corpos estendidos nos beliches dir-se-iam fabricados por um único molde apressado e cinzento que se esquecera de incluir no reportório dos nossos músculos os súbitos gestos de alegria.

A pouco e pouco a usura da guerra, a paisagem sempre igual de areia e bosques magros, os longos meses tristes do cacimbo que amareleciam o céu e a noite do iodo dos daguerreótipos desbotados, haviam-nos transformado numa espécie de insectos indiferentes, mecanizados para um quotidiano feito de espera sem esperança, sentados tardes e tardes nas cadeiras de tábuas de barril ou nos degraus da antiga administração de posto, fitando os calendários excessivamente lentos onde os meses se demoravam num vagar enlouquecedor, e dias bissextos, cheios de horas, inchavam, imóveis, à nossa volta, como grandes ventres podres que nos aprisionavam sem salvação. Éramos peixes, percebe, peixes mudos em aquários de pano e de metal, simultaneamente ferozes e mansos, treinados para morrer sem protestos, para nos estendermos sem protestos nos caixões da tropa, nos fecharem a maçarico lá dentro, nos cobrirem com a Bandeira Nacional e nos reenviarem para a Europa no porão dos navios, de medalha de identificação na boca no intuito de nos impedir a veleidade de um berro de revolta. De forma que me viram tornar ao Chiúme sem surpresa, e nenhum oficial levantou o queixo do prato do almoço quando me sentei a comer no meio deles, entre o capitão e o catanguês que sorria para toda a gente, sem encontrar resposta, a gargalhada cruel dos leões de pedra das fachadas dos prémios Valmor. O leitor de cassetes do alferes Eleutério tocava a 4ª Sinfonia de Beethoven, e era como se a música soasse numa sala deserta para lá de cujas janelas sem cortinas a chana desdobrava interminavelmente as pregas do seu lado, uma música que se prolongasse no eco de si própria do mesmo modo que nos pianos cerrados teimam em morar ainda os compassos ténues de uma valsa antiga, tão velha e hesitante como os relógios de parede do corredor. Éramos peixes, somos peixes, fomos sempre peixes, equilibrados entre duas águas na busca de um compromisso impossível entre a inconformidade e a resignação, nascidos sob o signo da Mocidade Portuguesa e do seu patriotismo veemente e estúpido de pacotilha, alimentados culturalmente pelo ramal da Beira Baixa, os rios de Moçambique e as serras do sistema Galaico-Duriense, espiados pelos mil olhos ferozes da Pide, condenados ao consumo de jornais que a censura reduzia a louvores melancólicos ao relento de sacristia de província do Estado Novo, e jogados por fim na violência paranóica da guerra, ao som de marchas guerreiras e dos discursos heróicos dos que ficavam em Lisboa, combatendo, combatendo corajosamente o comunismo nos grupos de casais do prior, enquanto nós, os peixes, morríamos nos cus de Judas uns após outros, tocava-se um fio de tropeçar, uma granada pulava e dividia-nos ao meio, trás, o enfermeiro sentado na picada fitava estupefacto os próprios intestinos que segurava nas mãos, uma coisa amarela e gorda e repugnante quente nas mãos, o apontador de metralhadora de garganta furada continuava a disparar, chegava-se sem vontade de combater ninguém, tolhido de medo, e depois das primeiras baixas saía-se para a mata por raiva na ânsia de vingar a perna do Ferreira e o corpo mole e de repente sem ossos do Macaco, os prisioneiros eram velhos ou mulheres esqueléticos menos lestos a fugir, côncavos de fome, o MPLA deixava mensagens nos trilhos a dizer Deserta mas para onde se só havia areia em volta, Deserta, os tipos passavam da Zâmbia para o interior detendo-se de quando em quando para dinamitar as pontes dos rios, um dia depois de um ataque encontrei uma insígnia metálica do Movimento na pista de aviação fiquei a olhá-la como o Lourenço mirava as tripas que se lhe escapavam da barriga, o cabo mostrou-me uma carta caída num arbusto I love to show you my entire body, explicava uma inglesa a um angolano que na véspera nos metralhara oculto no escuro, leves armas checoslovacas de som agudo e rápido, médicos suecos trabalhavam no Chalala Nengo a poucos quilómetros de nós, o Chalala Nengo que os T6 bombardeavam de napalm e resistiam, Uma destas manhãs os meus amigos acordam bem dispostos chegam lá num rufo e destroem aquilo tudo encorajava o coronel optimista de camuflado engomado vindo de Luanda para nos estimular com boas palavras conselhos e ameaças, Vai tu à frente meu cara de caralho respondia o tenente indignado por entre dentes, Se querem rodar ir para um sítio melhor têm de nos mostrar resultados que se vejam minas turras trotil, o comandante encolhia os ombros em tiques de aflição pequeno ridículo quase tocante de embaraço indicava no mapa a extensão da zona que nos cabia, gaguejava Meu coronel Meu coronel Meu coronel, do Mondego ao Algarve para quinhentos homens mal alimentados, peixe quase podre carne em mau estado ossos de frango, gastos de paludismo e de cansaço, a beber a água que pingava gota a gota, lamacenta, dos filtros, acabava-se a cerveja acabava-se o tabaco acabavam-se os fósforos, não havia sequer fósforos no Luso para nós, Uma manhã os meus amigos acordam bem dispostos garantia o coronel e levam tudo à frente, aliás acho preferível que isso suceda depressa porque conseguiram tão pouco até agora, o comandante esmagado rodava o boné de pala na mão, Aquele cabrão ainda me desata a chorar diante deste mulo previa o tenente baixinho, Estou farto desta merda pelo amor de Deus arranje-me uma doença qualquer, Deserta gritavam os papéis do MPLA, Deserta Deserta Deserta Deserta Deserta DESERTA, a locutora da rádio da Zâmbia perguntava Soldado português porque lutas contra os teus irmãos mas era contra nós próprios que lutávamos, contra nós que as nossas espingardas se apontavam, I love to show you my entire body e eu já me tinha de novo esquecido do teu corpo de coxas afastadas no quarto do sótão onde durante um mês vivi, esquecido do cheiro do sabor da elasticidade suave da tua pele, já me tinha esquecido do som da voz do sorriso dos olhos egípcios irónicos e ternos os seios grandes o cabelo na almofada os dedos perfeitos dos pés, o capitão chegou da mata com uma kalashnikov no sovaco e disse O tipo estava de costas a guardar a lavra não nos viu sequer aproximar-nos, vamos todos acordar bem dispostos amanhã e ganhar a guerra vivaportugal, que importa o nevoeiro do cacimbo até aos ossos se angolénossa e as senhoras do movimento nacional feminino se interessam desveladamente pela gente toma lá dez aerogramas e vai-te curar, compreende o que é querer fazer amor e não haver com quem, a miséria de ter de masturbar-se a pensar em nada, puxar a pele para cima e para baixo até que, uma espécie de desmaio chocho um pouco de líquido e acabou-se limpar os dedos às cuecas subir a braguilha e sair para a parada, Marcha lento e à vontade nossos cadetes ordenava o alferes na instrução de Mafra, convento absurdo monstruoso idiota cretino, Damas e cavalheiros perdão senhores oficiais o conjunto Vera Cruz com o vocalista Tó Mané deseja a Vossas Excelências um resto de tarde feliz, o sujeito do microfone desafinava boleros poeirentos de 78 rotações a brilhantina das melenas cintilava o sapador girou a cadeira para o capelão arreganhou a tacha e inquiriu A menina dança, a primeira anticarro estoirou numa coluna dele e fui à mata de helicóptero recolher-lhe os feridos, Médico e sangue médico e sangue médico e sangue pedia o rádio, dadores em bicha de braço arregaçado à entrada do posto, náufragos inertes nas macas de pálpebras descidas a respirarem de leve por um canto dos lábios, à noite os cães selvagens ladravam em torno do arame Está a ouvir os gajos sussurrava o tenente e o hálito espalhava-se-me quente na orelha, como não há fósforos acendem-se os cigarros uns nos outros, Mostrem resultados que se vejam discursava o coronel e nós só tínhamos para exibir pernas amputadas caixões hepatites paludismos defuntos viaturas transformadas em harmónios de destroços, o general perorou do Luso As Berliets são ouro piquem o trajecto inteiro de modo que três homens de cada lado exploravam a areia adiante dos carros porque uma camioneta era mais necessária e mais cara do que um homem um filho faz-se em cinco minutos e de graça não é verdade uma viatura demora semanas ou meses a atarraxar parafusos, aliás havia ainda montes de gente no país para mandar de barco para Angola mesmo descontando os filhos das pessoas importantes e os protegidos pelas amantes das pessoas importantes que não viriam nunca o paneleiro do rebento de um ministro foi declarado psicologicamente incompatível com o Exército, Está a ouvir os gajos sussurrava o tenente apontando as sombras, Meu amor querido eis-me outra vez no Chiúme depois de uma viagem sem problemas e isto sabes como é continua na mesma um pouco isolado mas tranquilo no fundo é idêntico a morar dois anos em Vila Real ou em Espinho ou num monte do Alentejo com a vantagem de poder contar à nossa filha que conversei com zebras e elefantes em zebrês e elefantês, todas as tardes escrevia ridículas mentiras joviais para uma mulher sem corpo, tendo no bolso o teu retrato a cores sentada numa rocha ao pé do mar de cabelo cortado e óculos escuros pernas cruzadas sob um vestido estampado vermelho e és tu e não és tu quem na fotografia me (me?) sorri, Angolénossa senhor presidente e vivápátria claro que somos e com que apaixonado orgulho os legítimos descendentes dos Magalhães dos Cabrais e dos Gamas e a gloriosa missão que garbosamente desempenhamos é conforme o senhor presidente acaba de declarar no seu notabilíssimo discurso parecida só nos faltam as barbas grisalhas e o escorbuto mas pelo caminho que as coisas levam eu seja cego se não lá iremos, e já agora e se me permite porque é que os filhos dos seus ministros e dos seus eunucos, dos seus eunucos ministros e dos seus ministros eunucos, dos seus miniucos e dos seus eunistros não malham com os cornos aqui na areia como a gente, o capitão encostou a kalashnikov à parede e ficámos surpreendidos a olhá-la, Afinal é este o aspecto da nossa morte perguntou um alferes, senhor doutor tem de ir à mata porque pisaram uma antipessoal num trilho, seis quilómetros de Mercedes disparada e nisto o pelotão numa clareira o cabo Paulo estendido a gemer e do joelho para baixo depois de uma pasta torcida de sangue nada, nada senhor presidente e senhores eunucos nada, calcule senhor presidente o que será desaparecer de súbito um bocado de si, os legítimos descendentes dos Cabrais e dos Gamas a sumirem-se por fracções um tornozelo um braço um troço de tripa os tomatinhos os ricos tomatinhos evaporados, faleceu em combate explica o jornal mas é isto falecer seus filhos da puta, eu ajudava-os a falecer com os meus remédios inúteis e os olhos deles protestavam protestavam não entendiam e protestavam, será falecer esta incompreensão esta surpresa a boca aberta os braços bambos, cobriram-se as bombas de napalm com oleado e o governo afirmou solenemente Em caso algum recorreríamos a tão cruel meio de extermínio, eu vi cobrir as bombas em Gago Coutinho, pedi um garrote ao enfermeiro e logo a seguir lembrei-me Sempre que ponho um garrote morrem de embolia gorda no Luso de forma que comecei a procurar a artéria para a laquear, um furriel espreitava por cima do meu ombro como um puto atrás do muro que o protege, era difícil pinçar o vaso no meio de tanto músculo e tanto sangue, como é o teu corpo como é o teu sorriso como é o teu cabelo na almofada acordavas-me de manhã com o calor das torradas e as coxas entre as minhas quando andavas as tuas nádegas endoideciam-me de desejo a maneira de mover as ancas o modo lento de beijar Queridos pais aqui no Chiúme as coisas correm o melhor possível dentro do melhor possível que é possível não há motivo nenhum para se preocuparem comigo até engordei um quilo desde que cheguei e principio a assemelhar-me fisicamente a um missionário irlandês ou ao médio de abertura do País de Gales, o soba afagava a sua máquina de costura inútil com olhos de Pietà lamentosa, os gaviões cobiçavam os pintos da sanzala em círculos manhosos demorados tensos de gula, nuvens de trovoada engordavam sobre a chana, os tendões do vento contraíamse e distendiam-se assoprando a areia, o navio do Mississipi do soba acastanhava-se de ferrugem adornado, apliquei um rolhão de compressas contra o coto para o impedir de sangrar, o furriel vomitava aos arrancos abraçado à arma abraçávamo-nos às espingardas como afogados a pedaços irrisórios de madeira, É este o aspecto da nossa morte interrogava o alferes a apontar a kalashnikov na parede, o aspecto da nossa morte são estes arbustos pindéricos e este homem prostrado cor de cinza que delira, o comandante de pelotão assobiava de fúria, Prezado doutor Salazar se você estivesse vivo e aqui enfiava-lhe uma granada sem cavilha pela peida acima uma granada defensiva sem cavilha pela peida acima, injectei segunda ampola de morfina no deltóide, Depois deste trabalho todo não patines, do Chiúme informaram que o helicóptero largara de Gago Coutinho com mais sangue a bordo, gosto de ti gosto das tuas mãos cheias de anéis e das tuas pernas magras que se enrolam nas minhas idênticas a colares de muitas voltas gosto de jogar crapaud contigo na cama desfeita e da batota que ambos fazemos e ambos sabemos que o outro faz para ganhar, um dia destes tiro o retrato e verificam espantadíssimos que engordei, mais duas coraminas e três sympatol na esperança que o pulso me não fuja rápido e ténue coração de ave nos meus dedos, Marcha lento e à vontade ofegava o alferes na estrada da Ericeira uma fila de cadetes exaustos de cada lado do alcatrão sob a chuva gelada de março, o conjunto Vera Cruz deseja a Vossas Excelências senhores oficiais um resto de tarde descansado e feliz, não há motivo nenhum para se preocuparem comigo porque esta perna esfacelada ainda não é a minha perna e por assim dizer continuo se assim me posso exprimir mais ou menos vivo, o coronel em Luanda devia queixar-se ao brigadeiro de que falecíamos demais, o helicóptero desapareceu por sobre a mata toctoctoctoctoctoc, pusemo-nos de pé para partir, recolhemos do chão os panos de tenda as cartucheiras os cantis e os bornais, o pelotão formou em bicha e reparámos na contagem que faltava o furriel dos vómitos, estava sentado ali perto em cima da G3 de mãos no queixo, chamei-o, tornei a chamá-lo, acabei por sacudi-lo pelo ombro e ele levantou para mim olhos sonâmbulos de muito longe e respondeu numa voz doce de menino Não percam tempo comigo que eu estou tão farto desta guerra que nem a tiro vou sair daqui.

O

Lisboa, mesmo a esta hora, é uma cidade tão desprovida de mistério como uma praia de nudistas, onde o revelador do sol exibe brutalmente nádegas planas e peitos sem cones de sombra a aprofundá-los, que o mar parece abandonar na areia à laia dos seixos sem arestas da vazante. Uma noite de cartório notarial, em cujos lençóis de papel selado ressona timidamente um povo de terceiros-oficiais resignados, transforma as casas e os prédios em tristes jazigos de família, no interior dos quais os casais azedos esquecem por algumas horas as suas querelas minúsculas, para se assemelharem a estátuas jacentes de pijama às riscas, que o despertador à cabeceira da cama empurrará em breve para quotidianos frenéticos e cinzentos. No Parque Eduardo VII, os homossexuais surgem do escuro à aproximação dos carros, oferecendo de entre os arbustos os ademanes de alforreca de plástico dos seus gestos e a vibração de pestanas das pálpebras míopes, que o excesso de rímel sublinha de promessas duvidosas. Do outro lado da rua, o Palácio da Justiça, ainda não invadido pelos sorrisos ferrugentos de cárie das prostitutas que dividem com os insectos o duche de claridade pálida dos candeeiros das redondezas, preenchia uma espécie de plataforma de relva do seu imenso volume reprovador: ali dentro, diante de um juiz desinteressado, ocupado a palpar cautelosamente um furúnculo do pescoço, o meu casamento terminará sem grandeza nem glória, após vários meses lancinantes de reencontros e separações, que me retalharam de angústia os destroços de um longo inverno de aflição. Separámo-nos, sabe como é, numa paz feita de alívio e de remorso, e despedimo-nos no elevador como dois estranhos, trocando um último beijo em que morava ainda um resto indigerido de desespero. Não sei se consigo aconteceu assim, se por acaso conheceu a agonia dos fins-de-semana clandestinos em estalagens à beira-mar, numa desordem de ondas cor de chumbo esmagadas contra o cimento lascado da varanda e as dunas a tocarem o céu baixo de nuvens idêntico a um tecto de estuque esfarrapado, se abraçou um corpo que ao mesmo tempo se ama e se não ama na pressa ansiosa com que os macacos pequenos se dependuram dos pêlos indiferentes da mãe, se jurou sem grande convicção promessas precipitadas, mais decorrentes do pânico da sua angústia do que de uma ternura generosa e verdadeira. Durante um ano, percebe, tropecei de casa em casa e de mulher em mulher num frenesim de criança cega a tactear atrás do braço que lhe foge, e acordei muitas vezes, sozinho, em quartos de hotel impessoais como expressões de psicanalistas, unido por um telefone sem números à amabilidade vagamente desconfiada da recepção, a quem a minha bagagem exígua intrigava. Estraguei os dentes e o estômago em casas de pasto todas semelhantes aos restaurantes das estações de caminho de ferro, de que a comida sabe a carvão de coque e a lenços húmidos do ranho já saudoso das despedidas. Frequentei sessões da meia-noite, de nuca arrepiada pela tosse do solitário do banco de trás, que lia as legendas em voz alta para se inventar uma companhia. E descobri, uma tarde, sentado numa esplanada de Algés, na borbulhosa presença de uma garrafa de água das Pedras, que estava morto, entende, morto como os suicidas do viaduto que de quando em quando cruzamos na rua, pálidos, dignos, de jornal dobrado no sovaco, os quais desconhecem que faleceram e cujos hálitos cheiram a almôndegas com puré de batata e a trinta anos de funcionário exemplar.

Não sente uma espécie de choque interior diante das montras apagadas, idênticas ao olho ausente dos estrábicos? Em pequeno imaginava muitas vezes, estendido na cama, de músculos retesos no pavor de adormecer, que toda a gente desaparecia da cidade e eu circulava nas ruas vazias perseguido pelas órbitas ocas das estátuas que me vigiavam com a implacável ferocidade inerte das coisas, petrificadas na atitude artificial e pomposa das fotografias da época heróica, ou evitando as árvores de que as folhas tremiam numa inquietação marinha de escamas, e mesmo hoje, sabe como é, continuo a pensar-me sozinho na noite destas praças, destas melancólicas avenidas sem grandeza, destas transversais secundárias como afluentes, arrastando consigo capelistas suburbanas e cabeleireiros decrépitos, Salão Nelinha, Salão Pereira, Salão Pérola do Faial, com penteados de revistas de modas colados ao vidro das janelas. Em casa, a alcatifa bebe o som dos meus passos reduzindo-me ao eco ténue de uma sombra, e tenho a impressão, ao barbear-me, que quando a lâmina me retirar das bochechas as suíças de Pai Natal mentoladas da espuma, apenas ficarão de mim as órbitas a boiarem, suspensas, no espelho, indagando ansiosamente pelo corpo que perderam.

Como no Chiúme, entende, no Natal de 71, primeiro Natal de guerra após quase um ano na mata, um ano de desespero, expectativa e morte na mata, em que acordei de manhã e pensei É dia de Natal hoje, olhei para fora e nada mudara no quartel, as mesmas tendas, as mesmas viaturas em círculo junto ao arame, o mesmo edifício abandonado que uma granada de bazooka destruíra, os mesmos homens lentos a tropeçar na areia ou acocorados nos degraus desfeitos da messe de sargentos, coçando em silêncio a flor do congo dos cotovelos como mendigos nas escadas de uma igreja. Acordei de manhã e pensei É dia de Natal hoje, vi o céu de trovoada do lado do rio

Cuando e a eterna segunda-feira do costume no cansaço dos gestos, o calor escorria-me das costas em grossos pingos pegajosos de gordura, e disse dentro de mim Não pode ser há qualquer coisa de errado nisto tudo, o pijama demasiado largo não parecia conter em si ossos e carne nenhuns e eu achei que não existia já, o meu tronco, os meus membros, os meus pés, não existia para além de um par de pupilas piscas que espiavam, surpreendidas, a planície da chana e a seguir à chana as árvores acumuladas na direcção do norte de onde chegava o avião da comida fresca e do correio, eu era só essas pupilas espantadas que fitavam e que hoje reencontro, mais velhas e descoloridas, no espelho do quarto de banho, após o arrepio nos ombros da primeira urina, vociferando para o próprio reflexo um apelo mudo sem resposta.

Dias antes havia partido de coluna uma companhia de pára-quedistas apoiada por helicópteros sul-africanos, chegados do Cuito-Cuanavale para uma operação excessiva e inútil na terra dos luchazes, e todas as noites os pilotos, enormes, loiros, arrogantes, se embebedavam com estrépito quebrando copos e garrafas e desafinando canções em afrikander, comandados por um David Niven esquecido da dieta, que considerava numa indulgência de nurse os subordinados a vomitarem cerveja amparados uns aos outros, verdes de aflição e agonia:

— If you worry you die. If you don't worry you die. So, why worry?

Os oficiais pára-quedistas, estritos e graves como seminaristas laicos, abraçando contra o peito os crucifixos das armas, fitavam reprovadores aquele pandemónio de arrotos e de cacos, movendo silenciosamente os lábios em Padres Nossos militares. O capitão, em quem morava o espírito Modas & Bordados de uma dona de casa minuciosa, esvoaçava preocupadíssimo em torno das loiças ainda intactas, lançando aos cálices e aos pratos desgarradores soslaios de paixão sem esperança. O alferes Eleutério, encarquilhado como um feto, escutava a um canto o seu Beethoven. O catanguês deslizava para a sanzala ao encontro de um churrasco de ratos. E eu, encostado aos caixilhos, assistia às elipses dos morcegos ao redor das lâmpadas, sem ouvir nada, sem pensar nada, sem desejar nada, certo de que a minha vida se resumiria para sempre ao oval de arame em que me achava, sob um céu baixo de chuva ou de cacimbo, conversando com o soba à sombra da máquina de costura monumental, a escutar as histórias de crocodilos de um tempo mais feliz.

A impertinência brutal dos sul-africanos, que nos julgavam um pouco uma espécie de mulatos toleráveis, acendia em mim uma chama crescente de Manuelinho de Évora que a selvajaria dos pides e os abjectos discursos patrióticos da rádio alimentavam. Os políticos de Lisboa surgiam-me como fantoches criminosos ou imbecis defendendo interesses que não eram os meus e que cada vez menos o seriam, e preparando simultaneamente a sua própria derrota: os homens sabiam bem que eles e os filhos deles não combatiam, sabiam bem de onde vinha quem na mata apodrecia, tinham morto e visto morrer demais para que o pesadelo se prolongasse muitos anos, os fuzileiros haviam desfilado uma noite pelo quartel-general do Luso entoando insultos, todas as tardes ouvíamos a emissão do MPLA às escondidas, alimentávamos mulheres e filhos com salários de miséria, demasiados estropiados coxeavam ao fim da tarde por Lisboa, nas imediações do anexo do Hospital Militar, e cada coto era um grito de revolta contra o incrível absurdo das balas. Mais tarde conhecemos a hostilidade dos brancos de Angola, dos fazendeiros e dos industriais de Angola reclusos nas suas vivendas gigantescas repletas de antiguidades falsas, de que saíam para abocanhar prostitutas brasileiras nos cabarés da Ilha, entre baldes de péssimo champanhe nacional e beijos sonoros como desentupidores de retrete que se despegam:

— Se vocês cá não estivessem limpávamos isto de pretos num instante.

Cabrões, pensava eu a beber cubas-livres solitárias ao balcão, cabrões gordos e suados, ricaços de merda, traficantes de escravos, e invejava as gargalhadas que as mulheres lhes segredavam nos pêlos das orelhas, os abraços dos ombros redondos delas, as nuvens de perfume espesso que os sovacos e as virilhas expeliam como turíbulos ao mais mínimo aceno, a cama D. Maria em que as deitariam, ao aproximar da manhã, num cenário de espelhos foscos, de árvores da borracha em vasos e de cãezinhos Ming de queixos horrorosamente torcidos por dores de dentes de loiça, como a minha cara se torcia de incredulidade no Chiúme, nessa madrugada de Natal absolutamente idêntica a todas as madrugadas que conhecera em África, fitando os soldados que conversavam do outro lado da parada nos degraus da messe de sargentos, e vendo as nuvens de chuva que cresciam do Cuando para mim, em enormes rolos de basalto pesados de uma ameaça de tempestade.

Não, não falta muito, moro ali adiante, naquele renque de feíssimos prédios verdes a que a noite confere, por um estranho milagre, a profunda dignidade hirta de uma abadia à medida da minha linhagem de comerciantes de bigode e corrente de relógio, a encararem a objectiva numa desconfiança bovina feita de medo e de supersticioso respeito. Acreditava-se em Deus nessa época mesmo através de uma máquina de tripé, um ser barbudo e severo, sexagenário de túnica, sandálias e risca ao meio, que geria uma empresa de mártires e de santos tão complicada como os Armazéns Grandela, distribuindo pecados, bulas, absolvições e passaportes para o Inferno por intermédio de encarregados de negócios terrestres chamados padres, os quais transmitiam aos domingos para a direcção da firma telexes em latim. Estas casas, não acha, são aliás construídas à medida das nossas ambições quadradas e dos nossos pequeninos sentimentos: a humidade infiltra--se, tudo empena, os canos entupidos gorgolejam guinadas de arrotos, as alcatifas descolam-se, inevitáveis correntes de ar assobiam nas frinchas, mas compramos móveis em Sintra para ocultar misérias e manchas atrás de volutas de talha pretensamente antigas, do mesmo modo que vestimos o nosso egoísmo estreito das aparências de uma generosidade vingativa. O meu pai costumava contar-me que o rei Filipe exclamara para o arquitecto do Escorial Façamos qualquer coisa que o mundo diga de nós que fomos loucos. Pois bem, neste caso a ordem recebida pelo gorducho de capacete e palito que presidiu à edificação destes monstros abstrusos agaiolado-pretensiosos deve ter sido Façamos qualquer coisa que o mundo diga de nós que fomos mongolóides. E, de facto, os vizinhos que se comprimem comigo no elevador exíguo possuem a boca aberta, as escleróticas baças, a pele amarela e o riso de incompreensão contente das criaturas demasiado quotidianas para serem verdadeiramente infelizes, atravessando o deserto dos fins-de-semana diante dos aparelhos de televisão, a beberem por uma palhinha o capilé da sua mediocridade. Eu, que ainda conservo por milagre um ténue resíduo de inquietações metafísicas, acordo de manhã com ciática na alma, que os passos no andar de cima amachucam cruelmente, e a inteligência enferrujada por várias horas de prisão num andar insidiosamente preparado para me transformar num funcionário exausto, carregando uma pasta com as Selecções, os termos de café com leite do almoço e o boião de geleia de abelhas cujo rótulo me promete a juventude ilusória de uma erecção ocasional.

Era, portanto, dia de Natal no Chiúme e nada mudara. Ninguém da família estava ali comigo, a casa do avô, com o seu jardim de estátuas de loiça, o lago de azulejos e a estufa em que a sala de jantar se prolongava, permanecia dolorosamente ancorada em Benfica, atrás do portão cor de tijolo e do pátio repleto dos automóveis das visitas, as pessoas, endomingadas, deviam estar a chegar para o almoço, as criadas antigas da minha infância serviam as chávenas da sopa, dentro em breve a avó mandaria um neto chamar o pessoal para lhes distribuir embrulhos moles constelados de estrelas prateadas (meias, roupa de baixo, camisolas, ceroulas), numa pompa lenta de cerimónia Nobel. Sentado na cama, defronte da vastidão verde-amarela da chana e da trovoada a inchar sobre o Cuando, lembrei-me das tias velhíssimas nos andares enormes da Alexandre Herculano e da Barata Salgueiro, mergulhados numa eterna penumbra onde cintilavam cálices e bules, tia Mimi, tia Bilú, um senhor doente a babar interjeições numa poltrona, sujeitos idosos que puxavam a risca da orelha para mascarar a calvície e me beliscavam a bochecha com dois dedos distraídos, pianos verticais, o retrato assinado de D. Manuel ii, latas de biscoitos com cenas de caça na tampa. O passado, sabe como é, vinha-me à memória como um almoço por digerir nos chega em refluxos azedos à garganta, o tio Elói a dar corda aos relógios de parede, o mar feroz da Praia das Maçãs no outono esmurrando a muralha, os grossos dedos subitamente delicados do caseiro inventando um flor. Pulara sem transição da comunhão solene à guerra, pensava eu a abotoar o camuflado, obrigaram-me a confrontar-me com uma morte em que nada havia de comum com a morte asséptica dos hospitais, agonia de desconhecidos que apenas aumentava e reforçava a minha certeza de estar vivo e a minha agradável condição de criatura angélica e eterna, e ofereceram-me a vertigem do meu próprio fim no fim dos que comiam comigo, dormiam comigo, falavam comigo, ocupavam comigo os ninhos das trincheiras durante o tiroteio dos ataques.

Uma agitação de silhuetas e de vozes borbulhou na sanzala, aproximou-se, tomou forma: os meus tios, os meus irmãos, os meus primos, o chofer da avó, afectado e delicadíssimo, os sujeitos da risca na orelha, o caseiro, o senhor doente da poltrona, fardados, exaustos, sujos, de arma ao ombro, chegavam de uma operação na mata e dirigiam-se para a enfermaria transportando, num pano de tenda entre dois paus, o meu corpo desarticulado e inerte com um garrote na coxa reduzida a um inchaço ensanguentado. Reconheci-me como num espelho excessivamente fiel ao examinar os meus próprios olhos fechados, a boca pálida, a relva loira da barba que me escurecia o queixo, a marca mais clara da aliança perdida na mão sem anéis. Alguém partia o bolo-rei em gestos rituais, a minha mulher, comovida, guardava num saco de plástico os presentes que me cabiam. A família, imóvel, à porta do posto de socorros, aguardava, suspensa, que eu me reanimasse a mim mesmo, o cabo das transmissões pedia o helicóptero aos gritos para me conduzir a Benfica a tempo dos licores e do café. Auscultei-me e nenhum som me veio, pelas borrachas do estetoscópio, aos ouvidos. O furriel enfermeiro estendeu-me a seringa de adrenalina, e eu, depois de me abrir a camisa e palpar o espaço entre as costelas, cravei-a de um só golpe no coração.

P

Cá estamos. Não. Não bebi demais mas engano-me sempre na chave, talvez por dificuldade em aceitar que este prédio seja o meu e aquela varanda lá em cima, às escuras, o andar onde moro. Sinto-me, sabe como é, como os cães que farejam intrigados o odor da própria urina na árvore que acabaram de deixar, e acontece-me permanecer aqui alguns minutos, surpreendido e incrédulo, entre as caixas do correio e o elevador, procurando em vão um sinal meu, uma pegada, um cheiro, uma peça de roupa, um objecto, na atmosfera vazia do vestíbulo, cuja nudez silenciosa e neutra me desarma. Se abro o meu cacifo não encontro nunca uma carta, um prospecto, um simples papel com o meu nome que me prove que existo, que habito aqui, que de certa maneira este lugar me pertence. Não imagina como invejo a segurança tranquila dos vizinhos, a decisão familiar com que abrem a porta, o sobrolho proprietário com que consideram os títulos do jornal enquanto aguardam o elevador, a cúmplice amabilidade dos seus sorrisos: existe sempre em mim a suspeita tenaz de que me vão expulsar, de que ao entrar em casa encontrarei outros móveis no lugar dos meus móveis, livros desconhecidos nas estantes, uma voz de criança algures no corredor, um homem instalado no meu sofá a erguer para mim um olhar de perplexidade indignada. Uma noite, há pouco tempo, ao atender o telefone, perguntaram-me se falava de um número completamente diferente do meu. Julga que desfiz o engano e desliguei? Pois bem, dei por mim a tremer, de palavras enroladas na garganta, húmido de suor e de aflição, sentindo-me um estranho numa casa estranha, a invadir em fraude a intimidade alheia, uma espécie de gatuno, percebe, do universo doméstico de um outro, pousado na borda da cadeira num excesso de cerimónia culpada. À medida que os filhos passavam a viver sozinhos e a abandonavam, a minha mãe ia transformando os nossos quartos em salas, os divãs sumiam-se, quadros desconhecidos surgiam nas paredes, a nossa presença apagava-se dos compartimentos que habitáramos, do mesmo modo que nos apressamos a lavar os dedos depois de apertar uma mão desagradável ou oleosa. Quando regressávamos de visita para jantar era como se a casa fosse simultaneamente familiar e estrangeira: reconhecíamos os cheiros, as cómodas, os rostos, mas em vez de nós encontrávamos os nossos retratos de infância espalhados pelas mesas, abertos em sorrisos de uma inocência inquietante, e afigurava-se-me que a minha fotografia de menino havia devorado o adulto que sou, e que quem de facto existia verdadeiramente ali era uma mecha de cabelos loiros por cima de um bibe às riscas, olhando acusadoramente para mim através do difuso nevoeiro de anos que nos separava. Nunca estamos onde estamos, não acha, nem sequer agora, comprimidos no espaço exíguo do elevador, você hirta e calada, a medir-me de esguelha os ímpetos de bode, eu a tilintar as chaves na impaciência enervada que estes esquisitos aparelhos de subir e descer invariavelmente me provocam, modernos sucedâneos das barquinhas de balão, sempre à beira de uma queda desamparada e catastrófica. A minha amiga está, por exemplo, no último agosto, nua na praia em frente ao mar xaroposo e domesticado do Algarve, na companhia de uma dessas criaturas inteligentes e feias das quais é fácil gostar porque, por um lado, não competem consigo e, por outro, a salvam de ir sozinha aos ciclos de cinema da Gulbenkian, frequentados por míopes lúcidos e sociólogas peremptórias, e eu continuo em Angola como há oito anos atrás, e despeço-me do soba-alfaiate junto à máquina de costura pré-histórica, coberta agora de um espesso musgo de ferrugem, e que a areia corrói e tortura como Giacometti modela, numa espécie de raiva paciente, as suas dolorosas silhuetas pernaltas, idênticas a pássaros inventados, mais reais que os verdadeiros. Vamos abandonar o Chiúme na direcção do norte, as viaturas em coluna aguardam que embarquemos, e eu, imóvel no centro da sanzala, enjoado pelo odor decomposto da mandioca a secar os ossos brancos no tecto das palhotas, tento desesperadamente fixar, nesta manhã de janeiro lavada pela chuva da noite, imersa numa claridade excessiva que dissolve os contornos e afoga na sua luz sem piedade os sentimentos delicados ou demasiado frágeis, tento desesperadamente fixar, dizia, o cenário que habitei tantos meses, as tendas de lona, os cães vagabundos, os edifícios decrépitos da administração defunta, morrendo a pouco e pouco numa lenta agonia de abandono: a ideia de uma África portuguesa, de que os livros de história do liceu, as arengas dos políticos e o capelão de Mafra me falavam em imagens majestosas, não passava afinal de uma espécie de cenário de província a apodrecer na desmedida vastidão do espaço, projectos de Olivais Sul que o capim e os arbustos rapidamente devoravam, e um grande silêncio de desolação em torno, habitado pelas carrancas esfomeadas dos leprosos. As Terras do Fim do Mundo eram a extrema solidão e a extrema miséria, governadas por chefes de posto alcoólicos e cúpidos a tiritarem de paludismo nas suas casas vazias, reinando sobre um povo conformado, sentado à porta das cubatas numa indiferença vegetal. O almirante Tomás fitava-nos da parede com pupilas de vidro idiotas de urso empalhado, milícias de espingardas veneráveis adormeciam encostados à própria sombra sob os telheiros de zinco dos postos de sentinela junto ao arame inútil. E, no entanto, havia a quase imaterial beleza dos eucaliptos de Ninda ou de Cessa, aprisionando nos seus ramos uma densa noite perpétua, a raivosa majestade da floresta do Chalala a resistir às bombas, os púbis tatuados das mulheres, por trás de cuja curva de bule cresciam, ao ritmo cardíaco dos tambores, filhos que eu ansiosamente desejava menos passivos e melancólicos do que nós, que se não acocorassem, vencidos, diante das palhotas, passando-se uns aos outros o cachimbo de cabaça.

Não, é aqui, no 6º esquerdo, vestíbulo de mármore, olarila, uma alcatifa de cada cor, uma ficha de televisão por compartimento, cinco divisões, três quartos de banho, duas longas varandas para o cemitério e o Tejo, o sol cor de laranja ao fim da tarde comungado pelos telhados do Areeiro. Sinto-me neste andar, sabe como é, como um avestruz despaisado, e rodo de sala em sala a conversar sozinho, como os velhos, de copo de uísque na mão, recitando aos cubos de gelo os sonetos a preto e branco de Antero que me povoaram a infância de fantasmas cósmicos. O senhorio, sujeito de bigode afirmativo, que me visita de quando em quando a bordo de um mirabolante automóvel americano cuja espantosa profusão de faróis, arrebiques e cromados me faz invariavelmente pensar numa igreja manuelina de pneus radiais, muniu a casa de lavatórios idênticos a pias baptismais que me obrigam a escovar os dentes de manhã murmurando rezas em latim, substituiu as portas dos roupeiros por painéis de madeira a que apenas faltam os sorrisos dúbios de uma galeria de santos medievais, e ofereceu-me a prenda suplementar de uma garagem-catacumba nas fundações do prédio, onde a minha tosse modesta reboa trágicos ecos de avalanche: a pouco e pouco comecei a habituar-me a esta catedral de Chartres à medida de despachantes de alfândega sem poesia de que os pesadelos se eriçam de facturas e livros de balanço, e principiei a amar estas tintas horríveis das paredes e esta ausência de móveis, do mesmo modo que se gosta de um filho corcunda ou de uma mulher com mau hálito, por aborrecimento, por hábito, ou até, talvez, por uma confusa expiação de erros obscuros. Gosto das pias baptismais, dos armários, do Alto de São João, que vejo da cozinha e que se me afigura uma notável combinação do Portugal dos Pequeninos com o cemitério dos cães do Jardim Zoológico, em honra do ciclo do azoto. E depois, que alívio, percebe, não se vê o mar, não existe o perigo de os olhos se alongarem para o horizonte em busca de ilhas à deriva ou dos inquietantes veleiros da aventura interior, sempre prontos a aparelharem para a Índia de um sonho. Não se vê o mar, apenas uma faixa de rio sem mistério que o Barreiro limita de concretas névoas fabris, e telhados, telhados, telhados e fachadas que abrigam dentro de si os nossos conformados contemporâneos, a juntarem pacientemente as borboletas ou os selos do seu aborrecimento sem ambições, ou apunhalando mentalmente as esposas que tricotam na poltrona vizinha com a faca do pão. Tenho a certeza de que se fechasse a porta à chave e permanecesse, por exemplo, aqui um mês à secretária, sem falar com ninguém, sem atender a campainha da rua ou do telefone, sem responder às solicitações da mulher-a-dias, do porteiro, ou do funcionário da companhia do gás que de tempos a tempos vem verificar o conta-quilómetros do contador, e rabiscar num bloco, de sobrancelhas juntas, anotações severas, me transformaria, de metamorfose em metamorfose, no insecto perfeito de um coronel na reserva ou de um aposentado da Caixa Geral de Depósitos, correspondendo-se em esperanto com um bancário persa ou um relojoeiro sueco, e bebendo chá de tília na marquise a seguir ao jantar, verificando a barba por fazer da colecção de cactos.

Não, a sério, a felicidade, esse estado difuso resultante da impossível convergência de paralelas de uma digestão sem azia com o egoísmo satisfeito e sem remorsos, continua a parecer-me, a mim, que pertenço à dolorosa classe dos inquietos tristes, eternamente à espera de uma explosão ou de um milagre, qualquer coisa de tão abstracto e estranho como a inocência, a justiça, a honra, conceitos grandiloquentes, profundos e afinal vazios que a família, a escola, a catequese e o Estado me haviam solenemente impingido para melhor me domarem, para extinguirem, se assim me posso exprimir, no ovo, os meus desejos de protesto e de revolta. O que os outros exigem de nós, entende, é que os não ponhamos em causa, não sacudamos as suas vidas miniaturais calafetadas contra o desespero e a esperança, não quebremos os seus aquários de peixes surdos a flutuarem na água limosa do dia-a-dia, aclarada de viés pela lâmpada sonolenta do que chamamos virtude e que consiste apenas, se observada de perto, na ausência morna de ambições.

Quer um uísque? Este banal líquido amarelo constitui, nos tempos de hoje, depois da viagem de circum-navegação e da chegada do primeiro escafandro à Lua, a nossa única possibilidade de aventura: ao quinto copo o soalho adquire insensivelmente uma agradável inclinação de convés, ao oitavo, o futuro ganha vitoriosas amplidões de Austerlitz, ao décimo, deslizamos devagar para um coma pastoso, gaguejando as sílabas difíceis da alegria: de forma que, se me dá licença, instalo-me no sofá ao pé de si para ver melhor o rio, e brindo pelo futuro e pelo coma.

O Leste? Ainda lá estou de certo modo, sentado ao lado do condutor numa das camionetas da coluna, a pular pelas picadas de areia a caminho de Malanje. Ninda, Luate, Lusse, Nengo, rios que a chuva engrossara sob as pontes de pau, aldeias de leprosos, a terra vermelha de Gago Coutinho que se prende à pele e aos cabelos, o tenente-coronel eternamente aflito a encolher os ombros diante do licor de cacau, os agentes da Pide no café do Mete Lenha, lançando soslaios foscos de ódio para os negros que bebiam nas mesas próximas as cervejas tímidas do medo. Quem veio aqui não consegue voltar o mesmo, explicava eu ao capitão de óculos moles e dedos membranosos colocando delicadamente no tabuleiro, em gestos de ourives, as peças de xadrez, cada um de nós, os vivos, tem várias pernas a menos, vários braços a menos, vários metros de intestino a menos, quando se amputou a coxa gangrenada ao guerrilheiro do MPLA apanhado no Mussuma os soldados tiraram o retrato com ela num orgulho de troféu, a guerra tornou-nos em bichos, percebe, bichos cruéis e estúpidos ensinados a matar, não sobrava um centímetro de parede nas casernas sem uma gravura de mulher nua, masturbávamo-nos e disparávamos, o mundo-que-o-português-criou são estes luchazes côncavos de fome que nos não entendem a língua, a doença do sono, o paludismo, a amibíase, a miséria, à chegada ao Luso veio um jipe avisar-nos que o general não consentia que dormíssemos na cidade, que expuséssemos na messe as nossas chagas evidentes. Nós não somos cães raivosos, berrava o tenente de cabeça perdida para o enviado do comando de zona, diga a esse caralho do catano que nós não somos cães raivosos, um alferes ameaçava baixinho destruir a messe com as bazookas Fodemos aquela porra toda meu tenente, não sobeja um cabrão sequer para nos enconar o juízo, Um ano no cu de Judas não nos dá direito a dormir uma noite numa cama argumentava em sentido o oficial de operações, o tenente espalmou um murro enorme no capot do jipe Diga ao nosso general que vá levar na anilha, Nós não éramos cães raivosos quando chegámos aqui disse eu ao tenente que rodopiava de indignação furiosa, não éramos cães raivosos antes das cartas censuradas, dos ataques, das emboscadas, das minas, da falta de comida, de tabaco, de refrigerantes, de fósforos, de água, de caixões, antes de uma Berliet valer mais do que um homem e antes de um homem valer uma notícia de três linhas no jornal, Faleceu em combate na província de Angola, não éramos cães raivosos mas éramos nada para o Estado de sacristia que se cagava em nós e nos utilizava como ratos de laboratório e agora pelo menos nos tem medo, tem tanto medo da nossa presença, da imprevisibilidade das nossas reacções e do remorso que representamos que muda de passeio se nos vê ao longe, evita-nos, foge de enfrentar um batalhão destroçado em nome de cínicos ideais em que ninguém acredita, um batalhão destroçado para defender o dinheiro das três ou quatro famílias que sustentam o regime, o tenente gigantesco voltou-se para mim, tocou-me no braço e suplicou numa voz súbita de menino Doutor arranje-me a tal doença antes que eu rebente aqui na estrada da merda que tenho dentro.

Q

Um pouco nu, o andar? Tem razão, faltam-lhe quadros, livros, bibelots, cadeiras, a sábia desordem de revistas e papéis, de roupa ao acaso sobre a cama, de cinza no chão, em suma, que nos asseguram continuarmos a existir, a agitar-nos, a respirar, a comer, a sacudirmo-nos em vão sob as estações indiferentes e a silhueta distraída do anúncio Sandeman, que do alto dos telhados do Rossio nos propõe, ora aceso ora apagado, um brinde escarninho. Esta espécie de jazigo onde moro, assim vazio e hirto, oferece-me, aliás, uma sensação de provisório, de efémero, de intervalo, que, entre parêntesis, me encanta: posso ainda considerar-me um homem para mais tarde, e adiar indefinidamente o presente até apodrecer sem nunca haver amadurecido, de olhos brilhantes de juventude e de malícia como os de certas velhas de aldeia. Pelas janelas sem cortinas vejo, deitado na cama, os operários que constroem o prédio em frente e principiam a trabalhar muito mais cedo do que eu, a fitarem-me do outro lado da rua numa inveja admirada. Mulheres ensonadas sacodem das varandas panos enérgicos e exaustos. Rebocadores minúsculos, com hérnias da coluna, puxam gordos navios pacíficos na direcção da barra. Provavelmente, até no cemitério reina uma chocalhante actividade matinal de esqueletos de família, catando-se mutuamente os vermes num cuidado de mandris. E somente eu, único habitante desta casa deserta, me permito generosamente os doces langores da preguiça porque apenas desibernarei à noite, no bar onde nos encontrámos, debaixo desses candeeiros

Arte Nova e dessas cenas de caça, de nariz mergulhado no vodka com laranja de um pequeno-almoço tardio.

A vida contra a corrente possui também, no entanto, as suas desvantagens: os amigos afastaram-se a pouco e pouco de mim, incomodados pelo que consideravam uma ligeireza de sentimentos vizinha da vagabundagem libertina. A família recuava diante dos meus beijos como de um acne peganhento. Os colegas de profissão propagaram jubilosamente a minha perigosa incompetência, depois, é claro, de se referirem de passagem a um radioso futuro malbaratado em orgias de mafioso com uma bailarina francesa do Casino Estoril, esfuziante de plumas, em cada joelho de bode. Os próprios doentes desconfiavam das minhas olheiras excessivas e do hálito equívoco em que flutuava um resto óbvio de álcool. Cada vez mais fui prolongando as madrugadas e encurtando os dias, na esperança de que uma noite perpétua me lançasse um pudico véu de sombra nas bochechas esverdeadas: esta cidade absurda, onde os azulejos multiplicam e devolvem a mínima parcela de claridade num jogo de espelhos sem fim, e onde os objectos vogam suspensos na luz como nos quadros de Matisse, obrigava-me a tropeçar de quarto em quarto à maneira de uma borboleta entontecida, passando uma palma mole pela lixa repelente da barba.

Um pouco nu, o andar, de facto, mas já imaginou o espaço que sobra para o sonho, não um sonho de mobílias, doméstico, conjugal, quinânico, contando angustiadamente os tostões que faltam para uma escrivaninha ou uma cómoda, mas o sonho tout court, sem metas nítidas nem objectivos definidos, cuja tonalidade varia e cuja forma muda sem cessar, o sonho à Infante D. Henrique feito de mares desconhecidos, de mostrengos e de especiarias, a caravela que se envia pela alcatifa do corredor fora e de que se aguarda o problemático regresso sentado no mármore do vestíbulo, consultando o curioso astrolábio de uma história aos quadradinhos. Esta casa, cara amiga, é o deserto do Gobi, quilómetros e quilómetros de areia sem nenhum oásis, e o silêncio da minha boca fechada sobre os dentes amarelos de camelo. De modo que quando alguém invade a minha solidão, me sinto, sabe como é, como um eremita que encontra outro eremita à esquina de uma praga de gafanhotos, e tento penosamente recordar-me do morse das palavras, reaprendendo os sons à maneira de um afásico que recomeça, dificilmente, a usar um código que esqueceu.

Outro uísque? Convém prevenirmo-nos contra esta noite prestes a empalidecer sem aviso, a dar lugar a uma manhã demasiado nítida, demasiado clara, em que as nossas silhuetas imprecisas, fabricadas para a indulgente cumplicidade da penumbra, se dissolverão como o perfume dos frascos antigos, de que se escapa o cheiro doce das paixões defuntas, convém muralharmo-nos de álcool para nos defendermos do revelador da claridade, exibindo aos nossos próprios olhos, na crueza implacável dos espelhos, feições amarrotadas pela ausência de sono, a piscarem as pálpebras foscas sob a desastrosa desordem dos cabelos. Acontece-me por vezes acordar, sabe como é, ao lado de uma mulher que conheci poucas horas antes, junto a um candeeiro propício de bar, de que o cone opalino confere às rugas e aos pés-de-galinha o insidioso encanto de uma sábia maturidade, e eis que o subir da persiana me mostra, brutalmente, uma criatura avelhentada e vulnerável, naufragada nos lençóis num abandono cuja fragilidade me enfurece. Sentado na cama, de cabeça no travesseiro que encostei à parede, acendo então o cigarro da desilusão e da raiva, fitando com acidez as pulseiras e os anéis pousados num montículo cauteloso na mesinha de cabeceira, a roupa estranha pelo chão, um soutien preto que se pendura de uma cadeira à laia de um morcego que aguarda a chegada do crepúsculo na sua trave de sótão. A boca delas borbulha de tempos a tempos palavras evadidas à sorrelfa de sonhos a que não tenho acesso, a curva mole dos ombros agita-se de sobressaltos indecifráveis, o velo das coxas abertas perde o mistério de bosque húmido que me recebia na sua mansa concavidade vegetal. Uma zanga de logro incha-me dos testículos para o sexo, impossível de dominar, de controlar, de diminuir, e acabo por penetrá-las, tonto de ódio, como quem espeta uma faca num ventre em rixa de taberna, para escutar depois, rangendo os dentes, os seus gemidos agradecidos de caniche, pelo que imaginavam uma entusiástica homenagem à qualidade dos seus dons.

Um duplo sem gelo? Tem razão, talvez desse modo logre a lucidez sem ilusões dos bêbados de Hemingway que passaram, gole a gole, para o outro lado da angústia, alcançando uma espécie de serenidade polar, vizinha da morte, é certo, mas que a ausência de esperança e do frenesim ansioso que ela inevitavelmente traz consigo torna quase apaziguadora e feliz, e consiga enfrentar a ferocidade da manhã dentro de um frasco de Logan que a proteja, tal como os cadáveres dos bichos se conservam em líquidos especiais nas prateleiras dos museus. Talvez desse modo se consigam sorrir risos de Sócrates depois da cicuta, levantar-se do colchão, ir à janela, e defronte da cidade matinal, nítida, atarefada, ruidosa, não se sentir perseguidos pelos impiedosos fantasmas da própria solidão, de que os rostos sardónicos e tristes, tão semelhantes ao nosso, se desenham no vidro para melhor nos troçarem: há derrotas, percebe, que a gente sempre pode transformar, pelo menos, em vitoriosas calamidades.

No norte, à falta de uísque, bebíamos as sulfúricas mistelas do administrador, indiano gordo e grande, recebendo os oficiais numa pomposidade amável de monarca absoluto, a fim de se escutar a si próprio nos ouvidos dos outros, cuja atenção distraída o certificava da existência de um público, como as nossas caretas ao espelho, durante a barba, nos garantem a certeza do rosto de que duvidávamos, anjos trôpegos que hesitam acerca da opacidade da carne. A minha companhia passou em flecha por Malanje, onde a sede do batalhão se acomodou no choco desconfortável do quartel, e abandonou a noite da cidade, escura e opaca como as pupilas de um cigano, na direcção da Baixa do Cassanje, ilimitadas searas de girassol e algodão no cenário de uma beleza irreal, e a miséria das sanzalas à beira da picada, com negros imemoriais acocorados em pedras morenas e sem arestas, idênticas a pães de segunda. Ancorámos em Marimba, fila de mangueiras enormes no topo de um morro cercado pela distância azul dos campos, num novo círculo de arame de que os garotos dos quimbos vizinhos suspendiam as feições esfomeadas, enquanto nuvens gordas de chuva, pesadas como odres, se acumulavam no rio Cambo, habitado pelo silêncio mineral dos crocodilos.

Aí, durante um ano, morremos não a morte da guerra, que nos despovoa de repente a cabeça num estrondo fulminante, e deixa em torno de si um deserto desarticulado de gemidos e uma confusão de pânico e de tiros, mas a lenta, aflita, torturante agonia da espera, a espera dos meses, a espera das minas na picada, a espera do paludismo, a espera do cada vez mais improvável regresso, com a família e os amigos no aeroporto ou no cais, a espera do correio, a espera do jipe da Pide que semanalmente passava a caminho dos informadores da fronteira, trazendo consigo três ou quatro prisioneiros que abriam a própria cova, se encolhiam lá dentro, fechavam os olhos com força, e amoleciam depois da bala como um suflé se abate, de flor vermelha de sangue a crescer as pétalas na testa:

— O bilhete para Luanda — explicava tranquilamente o agente a guardar a pistola no sovaco. — Não se pode dar cúfia a estes cabrões.

De forma que na noite em que o sujeito rasgou a nádega no caco quebrado da retrete, entende, lhe cosi o pandeiro sem anestesia, no cubículo do posto de socorros, sob as vistas contentes do enfermeiro, vingando um pouco, em cada berro seu, os homens calados que cavavam a terra, de pânico a fundir-se em enormes placas de suor nas costas magras, e nos fixavam com órbitas duras e neutras como seixos, esvaziadas de luz, tal as dos defuntos sem roupa, estendidos nos frigoríficos do hospital.

Depois do jantar, o motor reticente da electricidade dava corda a uma constelação de candeeiros gagos que aclaravam de viés o renque das mangueiras, arrancando ramos trágicos do escuro, e os oficiais visitavam cerimoniosamente a administração para o loto, em que a D. Áurea, esposa do imperador das cercanias, a extrair as amplidões do peito murcho das larguras do decote, cintilante de brincos e colares, distribuía os cartões e o grão de bico, e extraía de um saco que se me afigurava idêntico aos sudários que na minha infância se lançavam sobre as máquinas de costura, em salas estreitas repletas de cestos de roupa e da frescura dos lençóis lavados, números de madeira, que anunciava em voz baixa, numa confidência íntima de revelação. O marido, no outro extremo da sala, convidava em inclinações galantes a professora primária para dançar os tangos arrastados do gira-discos, criatura magrinha, de clavículas tão salientes como as sobrancelhas de Brejnev, cujas menstruações intermináveis a afligiam de cólicas e de anemia, voltando para nós olheiras exaustas em que se adivinhavam desmaios e contas de somar. Aguarelas de jacintos e de dálias emolduradas a doirado desbotavam-se nas paredes. A trovoada do Cambo iluminava a janela de clarões fingidos de peça de teatro portuguesa, em que se suspeita um sujeito operoso a accionar interruptores atrás de uma cortina. O mulato, dono da única loja de comércio, adormecia de palito na

boca no seu canto, roncando comas pacíficos de hipopótamo. O condutor da camioneta de carreira ajeitava a
popa com um pente de plástico amarelo made in praia
de Santo Amaro de Oeiras. O serão trotava num langor
de tosses dispersas e de amabilidades fatigadas, até a D.
Áurea voltar a cabeça para a porta, erguer o queixo à laia
de coiote prestes a uivar, encher os seios tristes numa ins-
piração de mergulhador e berrar

— Bonifácioooooooooooooo
num ganido interminável e imperioso. Seguiam-se uns
segundos de silêncio expectante que o mulato, despertado
em tumulto, preenchia perguntando à roda

— O que foi? O que foi?
numa inquietação de jangada à deriva. Vai na volta es-
cutava-se um tilintar de copos apressados na cozinha, e
um negro chaplinesco, contido a custo numa jaqueta de
mordomo da Geórgia, surgia do corredor a dançar nos sapatos excessivos, transportando uma bandeja de garrafas
de que se aguardava, a cada instante, o despenhar no soalho, numa chuva de estilhaços de cinema mudo. O uísque
sabia a álcool de lamparina e a sabão-macaco, e cada um
de nós comungava dois dedos daquele sacrifício ictérico,
torcendo-se de caretas atrás do pudor da mão, enquanto
o administrador, que guardava o grão de bico do loto no
saco dos númcros, exclamava

— Boa pomada, hã?
obtendo do capitão um sorriso obediente de óleo de fígado de bacalhau resignado.

Lá fora, o cipaio que vigiava o motor da electricidade munido de uma espécie de mosquete de conquista-
dor espanhol, ressonava sob o telheiro de cimento. Morcegos do tamanho de perdizes rodopiavam a cambalear nas
proximidades dos candeeiros, fogos pálidos consumiam-
se na penumbra densa das sanzalas, soba Macau, soba
Pedro Macau, soba Marimba, junto à pista da aviação,

que o capim constantemente invadia, as luzes da Chiquita tremiam, nítidas, na distância, constelação de estrelas improváveis. A seguir ao início da guerra haviam morto ou expulso para o Congo os mô-holos e os bundi-bângalas que habitavam primitivamente a Baixa do Cassanje, e substituído as suas aldeias por jingas da área de Luanda, mais obedientes e acomodatícios depois de o seu chefe ter apodrecido vinte anos nas prisões coloniais a pretexto de um crime qualquer. De coroa de lata na cabeça, incrustada de brilhantes de vidro, posto a ridículo, perante o seu povo, pelo Estado corporativo, que o obrigava a um humilhante uniforme de imperador de carnaval, o rei vagueava no seu quimbo à maneira dos doentes mentais nas enfermarias psiquiátricas, olhado com desgosto incrédulo pelos velhos da tribo. No entanto, o soba Bimbe e o soba Caputo, do outro lado da fronteira, continuavam a luta, e avistavam-se de Marimbanguengo as bases do MPLA no Congo, construções minúsculas que cresciam. A D. Áurea inclinou-se amavelmente para a professora das menstruações de Niagara, que coçava à sucapa a flor do congo dos sovacos:

— Como vai de saúde, D. Olinda?

Você não calcula (um dedo, se faz favor, perfeitamente, basta) a sensação esquisita daquele loto no meio da mata, dos tangos poeirentos do gira-discos, das toiletes patéticas das mulheres, das mesuras dos homens, das dálias europeias aguareladas na parede, enquanto os condenados pela Pide se enrolavam como tentáculos inertes nos seus buracos, os soldados tremiam de paludismo nos beliches das casernas, os generais no ar condicionado de Luanda inventavam a guerra de que nós morríamos e eles viviam, a noite de África se desdobrava numa majestosa infinidade de estrelas, os bailundos comprados em Nova Lisboa agonizavam de despaisamento nas sanzalas das fazendas, e eu escrevia para casa Tudo vai bem, na esperança de que compreendessem a cruel inutilidade do sofrimento, do sadismo, da separação, das palavras de ternura e da saudade, que compreendessem o que não podia dizer por detrás do que eu dizia e que era o Caralho caralho caralho caralho caralho do enfermeiro a seguir à emboscada, lembra-se, no Leste, no país de areia vazia dos luchazes, com o corpo do cabo defunto a apodrecer, sob a manta, no meu quarto, e eu sentado nos degraus do posto como me sento agora aqui consigo nesta sala, vendo os barcos do rio no nosso reflexo no vidro da janela, eu a falar e você a ouvir-me nessa atenção sarcástica que me enerva e confunde, As mulheres, sentenciava o Voltaire, são incapazes de ironia, catorze pontos no cu do agente a demorar, deliciado, a agulha pela carne, deixe-me encostar por um momento a cabeça aos seus joelhos e fechar os olhos, os mesmos com que observei o cipaio a enfiar cubos de gelo no ânus de um tipo sem que eu protestasse sequer porque o medo, percebe, me tolhia o menor gesto de revolta, o meu egoísmo queria regressar inteiro e depressa antes que uma porta de prisão se fechasse, impeditiva, à minha frente, regressar e esquecer e retomar o hospital e a escrita e a família e o cinema ao sábado e os amigos como se nada me tivesse, entretanto, sucedido, desembarcar na Rocha do Conde de Óbidos e declarar dentro de mim Era tudo mentira e acordei, e todavia, entende, em noites como esta, em que o álcool me acentua o abandono e a solidão e me acho no fundo de um poço interior demasiado alto, demasiado estreito, demasiado liso, surge dentro de mim, tão nítida como há oito anos, a lembrança da cobardia e do comodismo que cuidava afogados para sempre numa qualquer gaveta perdida da memória, e uma espécie de, como exprimir-me, remorso, leva-me a acocorar-me num ângulo do meu quarto como um bicho acossado, branco de vergonha e de pavor, aguardando, de joelhos na boca, a manhã que não chega.

R

Não chega, a manhã, não vai chegar nunca, é inútil esperar que os telhados empalideçam, uma lividez gelada aclare tremulamente os estores, pequenos cachos de criaturas transidas, brutalmente arrancadas ao útero do sono, se agrupem nas paragens do autocarro a caminho de um trabalho sem prazer: achamo-nos condenados, você e eu, a uma noite sem fim, espessa, densa, desesperante, desprovida de refúgios e saídas, um labirinto de angústia que o uísque ilumina de viés da sua claridade turva, segurando os copos vazios na mão como os peregrinos de Fátima as suas velas apagadas, sentados lado a lado no sofá, ocos de frases, de sentimentos, de vida, a sorrir um para o outro caretas de cães de faiança numa prateleira de sala, de olhos exaustos por semanas e semanas de apavoradas vigílias. Já reparou como o silêncio das quatro horas instila em nós a mesma espécie de inquietação que habita as árvores antes da vinda do vento, um frémito de folhas de cabelos, uma tremura de troncos de intestinos, a agitação de raízes dos pés que se cruzam e descruzam sem motivo? Pois bem, aguardamos no fundo o que não irá acontecer, a ansiedade que nos acelera as veias pedala em nós em vão à maneira das bicicletas imóveis dos ginásios, porque esta noite, percebe, é um porão à deriva, um enorme armário de que se perdeu a chave, um aquário sem peixes naufragado numa ausência de pedras, e apenas percorrido pelas sombras na água de um desassossego informe: ficaremos aqui a escutar o motor do frigorífico, única companhia viva nestas trevas, cuja lâmpada branca acende nos azulejos fosforescências de igloo, até que construam outros prédios sobre este prédio, outras ruas sobre esta rua, rostos indiferentes se sobreponham à amabilidade rápida dos vizinhos, o porteiro adquira as barbas majestosas e esgazeadas de um louco de aldeia, e os arqueólogos do futuro encontrem os nossos corpos plasmados em atitudes de espera, idênticos às figuras de greda dos túmulos etruscos, aguardando, de uísque em punho, a claridade de uma aurora atómica.

Entretanto, e se estiver de acordo, talvez possamos tentar fazer amor, ou seja, essa espécie de ginástica pagã que nos deixa no corpo, depois de acabado o exercício, um gosto suado de tristeza no desastre dos lençóis: a cama não range, é improvável que o autoclismo do andar de cima vomite a esta hora o conteúdo limoso do seu estômago, perturbando as carícias sem ternura que são como que o motor de arranque do desejo, nenhum de nós sente pelo outro mais do que uma cumplicidade de tuberculosos num sanatório, feita da melancólica tristeza de um destino comum; já vivemos demais para correr o risco idiota de nos apaixonarmos, de vibrarmos nas tripas e na alma exaltações de aventura, de nos demorarmos tardes a fio diante de uma porta fechada, de ramo de flores em riste, ridículos e tocantes, a engolir cuspos aflitos de José Matias. O tempo trouxe-nos a sabedoria da incredulidade e do cinismo, perdemos a franca simplicidade da juventude com a segunda tentativa de suicídio, em que acordámos num banco de hospital sob o olho celeste de um São Pedro de estetoscópio, e desconfiamos tanto da humanidade como de nós mesmos, por conhecermos o egoísmo azedo do nosso carácter oculto sob as enganadoras aparências de um verniz generoso. Não é em si que não acredito, é em mim, na minha repugnância em me dar, no meu pânico de que me queiram, na minha inexplicável necessidade de destruir os fugazes instantes agradáveis do quotidiano, triturando-os de acidez e ironia até os transformar no Cerelac da chata amargura habitual. O que seria de nós, não é, se fôssemos de facto felizes? Já imaginou como isso nos deixaria perplexos, desarmados, mirando ansiosamente em volta em busca de uma desgraça reconfortadora, como as crianças procuram os sorrisos da família numa festa de colégio? Viu por acaso como nos assustamos se alguém, genuinamente, sem segundos pensamentos, se nos entrega, como não suportamos um afecto sincero, incondicional, sem exigência de troca? A esses, os Camilos Torres, os Guevaras, os Allendes, apressamo-nos a matá-los porque o seu combativo amor nos incomoda, procuramo-los de bazooka ao ombro, raivosos, nas florestas da Bolívia, bombardeamos-lhes os palácios, colocamos no seu lugar sujeitos cruéis e viscosos, mais parecidos connosco, cujos bigodes nos não trepam pelo esófago refluxos verdes de remorso. De forma que as relações sexuais constituem entre nós, percebe, uma violação mole, uma apressada exibição de ódio sem júbilo, a derrota molhada de dois corpos exaustos no colchão, à espera de reencontrarem o fôlego que lhes foge para verificarem as horas no relógio de pulso à cabeceira, se vestirem sem uma palavra, examinarem sumariamente no espelho do quarto de banho a pintura e o cabelo, e partirem, a coberto da noite, ainda húmidos do outro, a caminho da solidão das suas casas. Os que moram a dois, aliás, e dividem com má vontade o edredão e o dentífrico padecem de resto de um isolamento semelhante; ah, as refeições frente a frente, em silêncio, cheias de um rancor que se palpa no ar como a água de colónia das viúvas! Os serões junto à televisão acariciando projectos vingativos de assassínio conjugal, a faca do peixe, a jarra da China, um oportuno empurrão pela janela! Os sonhos minuciosamente detalhados do enfarte de miocárdio do marido ou da trombose da mulher, a dor no peito, a boca à banda, as palavras infantis babadas a custo na almofada da clínica! Possuímos pelo menos a vantagem, sabe como é, de dormir sozinhos, sem uma perna alheia a explorar as zonas frescas do lençol que por direito geográfico nos cabem, mas falta-nos simultaneamente alguém que possamos culpar do nosso fundo descontentamento de nós próprios, um alvo fácil para os nossos insultos, uma vítima, em suma, da nossa mediocridade despeitada. Você e eu, graças a Deus, não corremos esse risco, somos como dois judocas que se temem o suficiente para se não ferirem, e inventam, quando muito, falsos golpes inofensivos que se detêm a meio do trajecto, à maneira de tentáculos subitamente inertes que desistem: se eu lhe dissesse que a amava você responder-me-ia, no tom mais sério deste mundo, que desde os dezoito anos não sentia por um homem um estusiasmo idêntico, que qualquer coisa de diferente e de estranho a perturbava, que lhe apetecia com uma força de novilho nunca mais se separar de mim, e acabaríamos a rir, dentro dos copos respectivos, da inócua inocência das nossas mentiras. Mas suponha que havíamos despido, por minutos, o colete à prova de bala de uma maldade sabida, e éramos, por exemplo, sinceros? Que ao afagar-lhe a mão eu tocava, para além dos seus dedos de agora, que principiam a envelhecer sob os anéis, o pulso estreito de uma menina vulnerável e frágil, a mastigar pastilhas elásticas à sombra do desdenhoso retrato trágico de James Dean, arcanjo loiro cujo breve trajecto de cometa terminou abruptamente num cone fumegante de sucata? Que os seus seios endureciam de desejo verdadeiro, um arrepio esquisito lhe separava as coxas, o ventre se cavava de uma fome inexplicável e veemente de mim? Que maçada, hã? Os ciúmes, as necessidades exclusivas, o tormento obnóxio da saudade? Descanse, é tarde já, será sempre tarde para nós, o excesso de lucidez impede-nos os estúpidos e calorosos impulsos da paixão, o meu cabelo ralo e os seus pés-de-galinha, impossíveis de disfarçar sob a delicadeza do sorriso, defendem-nos do entusiasmo de estar vivos, do sonho sem malícia, do puro contentamento sem mancha de acreditar nos outros.

Achamo-nos em condições, portanto, de fazer na cama lá do fundo um amor tão insonso como a pescada congelada do restaurante, de que a única órbita nos fita agonias vítreas de octogenário entre os verdes desbotados das alfaces. A sua boca possui o gosto sem gosto dos biscoitos antigos envoltos no açúcar do baton, a minha língua é um pedaço de esponja enrolada nos dentes, inchada pela espuma oleosa da saliva. Unir-nos-emos, percebe, como dois monstros terciários, eriçados de cartilagens e de ossos, balindo ganidos onomatopaicos de lagartixas imensas, enquanto lá fora as picadas do norte, destruídas pelas chuvas, substituem a faixa de vidro preto do rio, borbulhante de luzes, e eu salto e balanço ao lado do condutor do unimogue, protegido por uma escolta que chocalha atrás no seu banco de pau, a caminho de Dala-Samba, com a caixa das vacinas da cólera a tremer entre os joelhos.

De tempos a tempos, quando me sentia apodrecer demais na inércia do arame, diante dos morcegos das mangueiras e do loto do administrador, a observar à noite as órbitas minerais das osgas do tecto, a engolirem borboletas em comunhões instantâneas, esmagado de monotonia e impaciência, quando o king dos oficiais se me afigurava um ritual absurdo que adquiria a pouco e pouco as tenebrosas características de uma cerimónia sangrenta (Oito ou nulos e fodo-te os cornos se mos deres), quando depois de me masturbar permanecia acordado e sem sono, a fitar pela janela as trovoadas do Cambo e a pensar nas tuas coxas em Lisboa, no atrito leve das meias ao cruzar das pernas, na penugem afagada a contrapelo, no triângulo, que sabia a ostras, escondido na renda das cuecas, quando os cães latiam das bandas da cozinha gemidos quase humanos de crianças com fome, quando a minha filha começava a andar de cadeira em cadeira passos hesitantes e aplicados de motor de corda, quando o tempo se imobilizava no poço dos calendários em teimosias de pedra com raízes e as tardes demoravam meses e meses em sestas enervadas, partia para Dala-Samba ao longo da Baixa do Cassanje, a visitar os cemitérios dos reis jingas no alto dos morros nus, cercados de tufos de palmeiras que o vento da morte inclinava. E havia o túmulo do Zé do Telhado em Dala, perto dos dois ou três comércios poeirentos da povoação abandonada, velhos colonos quase miseráveis que o paludismo esverdeava, cabras com pêras de escultor em torno do silêncio das cubatas, o enfermeiro do hospital do Caombo na sua bata imaculada, exprimindo-se num português precioso de condessa. Dormíamos nas camas de ferro branco das parturientes, entre armários de instrumentos cirúrgicos e mesas ginecológicas, ao acordarmos o temporal da véspera lavara a manhã, esfregando-lhe os brilhos e as cores, e ao sairmos para os carros sentia-me ingressar no primeiro dia da criação, antes da partilha das águas, e era como se vogasse, de botas da tropa a baloiçarem, na claridade irreal das fotografias antigas, onde o iodo dilui as expressões e os contornos numa nódoa solar que nos afoga.

Se você conhecesse as madrugadas de África na Baixa do Cassanje, o odor vigoroso da terra ou do capim, o perfil confundido das árvores, o algodão aberto até ao horizonte numa pureza de neve amortalhada, talvez nos fosse possível regressar ao princípio, às réplicas ainda tímidas do uísque inicial, ao sorriso que pede e ao soslaio que consente, e construir a partir disso a cumplicidade sem arestas dos amantes, que matam em três lances a desconfiança e o receio, e ressonam a duas vozes nas pensões da Avenida, saciados e satisfeitos. Mas a poeira de greda de Marrocos, a julgar pela profusão dos seus colares, é o equador de que é capaz, e um bairro de casas sujas e de homens acocorados, espécie de Algarve invadido por ciganos a impingirem alcatifas de Arraiolos e pulseiras de arame num palavreado nauseabundo, a sua antevisão do paraíso. Longe da filigrana manuelina dos Jerónimos, Reboleira dos Descobrimentos, e das praias da Costa da Caparica em que as pessoas miraculosamente se multiplicam à laia de formigas num bolo de arroz, o despaisamento fá-la enrugar-se e definhar como um cacto no pólo. Os túneis do metropolitano constituem no fundo as suas tripas verdadeiras, percorridas por dejectos de carruagens, e as micros da Praça do Chile, o negativo, em ponto pequeno, da sua alma. O que de certo modo irremediavelmente nos separa é que você leu nos jornais os nomes dos militares defuntos, e eu partilhei com eles a salada de frutas da ração de combate e vi soldarem-lhes os caixões na arrecadação da companhia, entre caixotes de munições e capacetes ferrugentos. O cabo Pereira, por exemplo, antes de estilhaçar a cabeça na estrada da Chiquita, vinha pingar a blenorragia ao posto de socorros, exibindo a pila mole como uma vela de estearina, de que surdia a gota a arder de um leite inflamado. O padeiro compôs um poema autobiográfico que demorava duas horas a recitar e me fez adormecer de exaustão sobre o prato do almoço. O tenente gabava-me os méritos da criada num extasiamento de milagre. O comandante procurava os seios macios como uvas das adolescentes, remexendo-lhes os panos dos vestidos. Um capitão na quarta comissão apodrecia como um Drácula na aurora, de feições decompostas na lama pálida dos cadáveres. E eu conferenciava de sanzala em sanzala com a gravidade dos sobas, acocorado nos bancos de pele de cabrito destinados aos visitantes de qualidade, distribuía quinino por extensas bichas de paludismos trémulos, drenava abcessos, desinfectava feridas, fumava liamba na febre dos batuques, quando homens desorbitados ajoelhavam a vibrar defronte dos corações em pânico dos tambores. Os brancos do mato, isolados e sem meios nas fazendas por explorar, deitavam-se de arma à cabeceira junto das amantes negras, obedientes e mudas como a sombra oblíqua de uma aparição. O capim engolia os tractores avariados numa fome de mil bocas vegetais vitoriosas, devorava as casas, pulava as vedações, destruía as cruzes anónimas das campas espalhadas ao acaso na orla das picadas. Um dia, um homem loiro apareceu no quartel a bordo de uma camioneta em ruína, desembarcou com uma mala de paramentos de padre na mão e apresentou-se aos oficiais:

— Soy basco y amigo íntimo del cabrón Francisco Franco.

Oiça: em Gago Coutinho havia uma missão abandonada, um velho edifício de colunas protegido pela frescura das acácias, um oásis de silêncio onde os passos reboavam como nos filmes de Hitchcock. À tarde, o tenente e eu costumávamos parar o jipe na cerca de grades oxidadas, retirar o assento traseiro, instalarmo-nos junto de uma árvore sob o sossego gordo dos pássaros, um silêncio grande e bom de folhas altas, e fumávamos sem falar porque as palavras se tornavam subitamente desnecessárias como um barco na cidade, um aquário no mar, um fingimento de orgasmo durante o orgasmo, fumávamos sem falar e uma quietude de paz deslizava devagarinho pelas veias a reconciliar-nos connosco, a perdoar-nos estarmos ali, ocupantes involuntários em país estrangeiro, agentes de um fascismo provinciano que a si mesmo se minava e corroía, no lento ácido de uma triste estupidez de presbitério.

— Soy basco y amigo íntimo del cabrón Francisco Franco.

Em Dala-Samba, o administrador vivia sozinho com a mulher e os filhos numa casa vazia, de cuja varanda se avistava a incrível extensão azul do Cassanje e a fronteira do Congo, lá em baixo, no rio dos diamantes, a pular escamas de luz nas pedras sem facetas. Os filhos torciam-se de lombrigas na varanda. A mulher fazia crochet semanas a fio, de chinelos, naperons ovais em que se pressentiam Campos de Ourique perdidos, com a sua constelação de capelistas manhosas em torno da Igreja do Santo Condestável, gótico estilo Mãos de Fada para casamentos de tecnocratas. O candeeiro de petróleo iluminava um jantar de La Tour, onde os rostos se assemelhavam a maçãs atentas recortadas num fundo cambaleante de trevas, e a sanzala vizinha, voltada para o interior de si própria como um filósofo que medita, recuava no escuro com os seus fogos esparsos e as suas silhuetas acocoradas, assando os grilos esperneantes da ceia.

— Soy basco...

Foda-se, também vim para aqui porque me expulsaram do meu país a bordo de um navio cheio de tropas desde o porão à ponte e me aprisionaram em três voltas de arame cercadas de minas e de guerra, me reduziram às garrafas de oxigénio das cartas da família e das fotografias da filha, Angola era um rectângulo cor-de-rosa no mapa da instrução primária, freiras pretas a sorrirem no calendário das Missões, mulheres de argolas no nariz, Mouzinho de Albuquerque e hipopótamos, o heroísmo da Mocidade Portuguesa a marcar passo, sob a chuva de abril, no pátio do liceu. Um amigo negro da Faculdade levou-me um dia ao seu quarto no Arco do Cego, e mostrou-me o retrato de uma velha esquelética, em cujo rosto se adivinhavam gerações e gerações de petrificada revolta:

— É a nossa Guernica. Queria que a visses antes de me ir embora porque me chamaram da tropa e fujo amanhã para a Tanzânia.

E só compreendi isso quando vi os prisioneiros no quartel da Pide, a resignada espera dos seus gestos, as barrigas gigantescas de fome das crianças, a ausência de lágrimas no pavor dos olhos. É preciso que entenda, percebe, que no meio em que nasci a definição de preto era "criatura amorosa em pequenino", como quem se refere a cães ou a cavalos, a animais esquisitos e perigosos parecidos com pessoas, que no escuro da sanzala Santo António me gritavam

— Vai na tua terra, português

cagando-se nas minhas vacinas e nos meus remédios e desejando intensamente que eu quebrasse os cornos na picada porque não era a eles que eu tratava mas à mão-de-obra barata dos fazendeiros, dezassete escudos por um dia de trabalho, dez tostões por cada saco de algodão, quem eu tratava através deles era o branco de Malanje ou de Luanda, o branco ao sol na Ilha, o branco de Alvalade, o branco do Clube Ferroviário que recusava desdenhosamente conversar com a tropa

— Não precisamos de vocês para nada

de forma que essa Guernica se transformou a pouco e pouco na minha Guernica do mesmo modo que me tornei basco y amigo íntimo del cabrón Francisco Franco e guardei as vacinas e os remédios na caixa e voltei ao arame e às mangueiras de Marimba, cheguei ao posto de socorros, fechei a porta, instalei-me à secretária, e senti-me, de súbito, sabe como é, acossado como um bicho.

S

Sofia, eu disse na sala Volto já, e vim aqui, e sentei-me na sanita, diante do espelho onde todas as manhãs me barbeio, para falar contigo. Falta-me o teu sorriso, as tuas mãos no meu corpo, as cócegas dos teus pés nos meus pés. Falta-me o cheiro bom do teu cabelo. Este quarto de banho é um aquário de azulejos que o foco do tecto obliquamente ilumina, varando a água da noite em que o meu rosto se move em gestos lentos de anémona, os meus braços adquirem o espasmo de adeus sem ossos dos polvos, o tronco reaprende a imobilidade branca dos corais. Quando ensaboo a cara, Sofia, sinto as escamas vítreas da pele nos meus dedos, os olhos tornam-se salientes e tristes como os dos gorazes na mesa da cozinha, nascem-me barbatanas de anjo dos sovacos. Dissolvo-me, parado, na banheira cheia, como imagino que os peixes morrem, evaporados numa espumazinha viscosa à tona, como decerto os peixes morrem no rio, de órbitas apodrecidas a boiarem. Sofia, aqui, aurora após aurora, quando ainda nenhuma manhã sublinha de verde os telhados, e as luzes se destacam, nítidas, no escuro, à laia de verrugas fosforescentes, quando a amplidão das trevas de Lisboa me envolve nas suas pregas apavorantes e moles, venho verter a medo na retrete uma urina furtiva de criança, empurrado pela mão enorme da mãe que já não tenho. Agora, Sofia, que sou homem, moro só, e o porteiro me cumprimenta de vénias respeitosas, assalta-me por vezes a certeza esquisita de ser um peixe morto neste aquário de azulejos, cumprindo um ritual diário entre o espelho e o bidé no desânimo com que os defuntos se movem, talvez, por sob a terra, fitando-se uns aos outros com pupilas de inexprimível terror. Falta-me o teu ventre junto do meu ventre, a floresta das tuas coxas negras enroladas nas minhas, o teu misterioso e quente e forte riso de mulher que a Pide, o governo, os tractoristas da Cetec, a gula do administrador e a fúria sádica e perversa dos brancos deixaram intactos na sua cascata alegre de vitória. Falta-me a tua cama para o meu longo cansaço de europeu com oito séculos de infantas de pedra às costas, falta-me a tua vagina ensolarada para ancorar a minha vergonha de ternura, o meu pénis erecto que se curva para ti como os mastros se inclinam na direcção do vento, esta sede de amor raivoso que te escondo. Sofia, instalo-me na sanita como uma galinha a ajeitar-se no seu choco, abanando as nádegas murchas das penas na auréola de plástico, solto um ovo de oiro que deixa na loiça um rastro ocre de merda, puxo o autoclismo, cacarejo contentamentos de poedeira, e é como se essa melancólica proeza me justificasse a existência, como se sentar-me aqui, noite após noite, diante do espelho, a observar no vidro os vincos amarelos das olheiras e as rugas que em torno da boca se multiplicam numa fina teia misteriosa, idêntica à que cobre de leve os quadros de Leonardo, me assegurasse que ao fim de tantos anos de deixar-te permaneço vivo, durando, Sofia, neste aquário de azulejos que o foco do tecto obliquamente ilumina, peixe morto à tona, de órbitas apodrecidas a boiarem.

Conheci-te em Gago Coutinho, num sábado de manhã, quando as lavadeiras vinham ao arame entregar a roupa engomada dos soldados, e ficavam de cócoras, à espera, num talude, perto da passagem de nível desarticulada da porta de armas, a conversarem numa esquisita linguagem que eu entendia mal, mas se aparentava ao saxofone de Charlie Parker quando não grita o seu ódio ferido pelo mundo cruel e ridículo dos brancos. O odor putrefacto da terra vermelha de África enjoava-nos como o cheiro de defuntos no hospital, os insectos do Leste entredevoravam-se em silêncio no capim, e as lavadeiras, com a roupa pronta embrulhada em panos coloridos, deixavam que os soldados lhes corressem a mão pelos rins, pelas costas, pelo peito, sob o enorme e denso e fixo sol de Angola, enquanto escarneciam, conversando umas com as outras, do desejo ansioso dos brancos, do seu desajeitamento e da sua pressa, e também do aroma de cadáver que traziam consigo desde o navio de Lisboa, homens tornados larvas de espingarda assassina nas patas, por um Portugal de esbirros.

Aos sábados de manhã, os velhos reuniam-se ao centro da sanzala em torno de uma cabaça de tabaco e soltavam, pelo nariz e pela boca, fumos castanhos e serenos como as locomotivas antigas, com o ódio pelo ocupante escrito em grandes letras vermelhas na sua indiferença vegetal. Eram os velhos do Nengo, do Lusse, do Luate, os velhos de Cessa e de Mussuma, os velhos do Luanguina e do Lucusse, os velhos de Narriquinha, os velhos do Chalala, os velhos e orgulhosos luchazes, senhores das Terras do Fim do Mundo, vindos há muitos séculos da Etiópia em migrações sucessivas, que tinham expulso os hotentotes, os Kamessekeles, os povos que habitavam aquele país de areia e noites frias, em que os arbustos estremeciam quando roçavam por eles aparições fosforescentes de deuses. Velhos livres tornados reles escravos do arame pelos canhangulos dos milícias, pelos rostos triangulares de lagartos furiosos dos pides, pelo rancor do Estado colonial que os tratava como a uma raça ignóbil, e que cuspiam no chão escuro a saliva fumegante do tabaco, em escarros pesados de desprezo.

Os velhos reuniam-se ao centro da sanzala, os cabiris latiam atrás das galinhas magras de quimbo em quimbo, um pólen impalpável e levíssimo, semelhante ao que se solta das caixas de rouge antigas, acumuladas nas gavetas empenadas do quarto dos armários da minha infância, descia das árvores imóveis como pedras, criando estranhas raízes de basalto na terra alucinada de África. O comandante encolhia os ombros no seu gabinete blindado, escravo ele também do arame e dos orgulhosos e desumanos donos da guerra que em Luanda, cravando pontos coloridos nos seus mapas, um a um nos matavam, e eu olhava-te, Sofia, acocorada no talude na mancha verde, azul e negra das mulheres, das mulheres que conversavam e se riam e troçavam dos dedos dos soldados que angustiadamente as tocavam, das mulheres luchazes que abriam para os brancos as vulvas das coxas desinteressadas, nas cubatas cheias do húmido silêncio dos filhos mudos a um canto, brincando com pedaços de cana os jogos solenes dos meninos.

Conheci-te numa manhã de sábado, Sofia, e a tua gargalhada de prisioneira livre, harmoniosa e estranha como o voo dos corvos que Van Gogh pintara antes de se matar no meio do trigo e do sol, tocou-me como um gesto de irreprimível ternura me toca se me sinto mais só, ou os sussurros dos mortos na nossa casa de Benfica, perto do cemitério, cercada pelos lamentos doces e tristes dos defuntos.

Eu estava farto de guerra, Sofia, farto da obstinada maldade da guerra e de escutar, na cama, os protestos dos camaradas assassinados que me perseguiam no meu sono, pedindo-me que os não deixasse apodrecer emparedados nos seus caixões de chumbo, inquietantes e frios como os perfis das oliveiras, farto de ser larva entre larvas na câmara ardente da messe que o motor da electricidade aclarava de vacilações hesitantes de desmaio, farto do jogo das damas dos capitães idosos e das melancólicas piadas dos alferes, farto de trabalhar, noite após noite, na enfermaria, molhado até aos cotovelos do sangue viscoso e quente dos feridos. Eu estava farto, Sofia, e todo o meu corpo me implorava o sossego que apenas se encontra nos corpos serenos das mulheres, na curva dos ombros das mulheres onde podemos descansar o nosso desespero e o nosso medo, na ternura sem sarcasmo das mulheres, na sua macia generosidade, côncava como um berço para a minha angústia de homem, a minha angústia carregada de ódio de homem só, com o peso insuportável da própria morte no dorso. O furriel enfermeiro, que possuía descoloridas órbitas salientes de cavalo cego e um grande pânico de África nas tripas, trouxe-te por um braço, um braço escuro e redondo e firme e jovem, ao ponto do arame, diante da estrada branca para o Luso, onde eu ficara a olhar-te, e para além de ti a extensão de azebre da mata que as máquinas da Cetec, estupidamente, tronco a tronco, derrubavam, e perguntou-me numa voz dorida, idêntica a uma antena que se retrai, timidamente, no receio de si mesma, a voz com que os camaradas assassinados me chamavam no meu sono, de cabelos envoltos em gazes inúteis como trapos, a flutuarem na desordem molhada das madeixas, a voz do meu cão morto há muitos anos, a farejar a figueira do quintal em ecos de uivos que se me evaporavam na memória:

— O senhor doutor precisa de uma lavadeira?

Eu não precisava de uma lavadeira, Sofia, porque os maqueiros me arranjavam as camisas e as toalhas e as cuecas e as meias, mas precisava de ti, do cheiro de fruta do teu ventre, do teu púbis tatuado, do colar de missanga que te apertava a cintura, dos pés duros e longos de pássaro dos rios, circulando de seixo em seixo numa nervosa majestade.

Eu estava farto da guerra, Sofia, farto de ver chegar os feridos da picada, em macas improvisadas de lona, os feridos cujas bocas se abriam e fechavam em apelos indecifráveis e magoados como os chamamentos do mar, o mar da Praia das Maçãs que vinha mugir aos meus lençóis gritos de touro com cio, soltando das narinas uma espuma de ondas a ferver. Os meus irmãos e eu, acordados, escutávamos sem entender a linguagem rouca do mar, dobrados nos colchões húmidos, sobre a farmácia, como fetos aflitos, escutávamos sem entender o touro do mar que marrava e marrava contra a porta do quarto, saltava a muralha, corria, à desfilada, pelas ruas, deitava o enorme focinho gelado na almofada ao pé de nós para tentar dormir, porque o mar, Sofia, sofre da pertinaz insónia dos mortos que estalavam os soalhos da casa de Benfica com os seus passos insuportáveis e gasosos.

Eu estava farto da guerra, de me debruçar, até de madrugada, para camaradas que agonizavam, sob a lâmpada vertical da sala de operações improvisada, farto do nosso sangue tão cruelmente derramado, de sair para fora, a fumar um cigarro, ainda antes do dia, na completa noite escura que antecede o dia, na completa, densa, ilimitada noite escura que antecede o dia, e ver um súbito céu sereno e curvo povoado de desconhecidas estrelas, não o céu de alfazema e naftalina de Benfica, nem o duro céu de pinheiros de granito da Beira, nem sequer o céu de tempestuosa água da Praia das Maçãs em que navegava ao acaso como um barco à deriva, mas o sereno e alto e inatingível céu de África e as suas constelações que brilhavam, geométricas, à laia de pupilas irónicas. De pé, à porta da sala de operações, com os cães do quartel a farejarem-me a roupa, gulosos do sangue dos meus camaradas feridos, a lamberem o sangue dos meus camaradas feridos nas nódoas escuras das minhas calças, da minha camisa, dos pêlos claros dos meus braços, eu odiava, Sofia, os que nos mentiam e nos oprimiam, nos humilhavam e nos matavam em Angola, os senhores sérios e dignos que de Lisboa nos apunhalavam em Angola, os políticos, os magistrados, os polícias, os bufos, os bispos, os que ao som de hinos e discursos nos enxotavam para os navios da guerra e nos mandavam para África, nos mandavam morrer em África e teciam à nossa volta melopeias sinistras de vampiros.

Na noite do dia em que te conheci, a seguir ao jantar, fugi das damas dos capitães idosos e do póquer dos alferes, enxotei os cães que rondavam a messe em elipses de fome submissa e teimosa, agora que a população da sanzala lhes disputava os ratos do capim, os pequenos animais sôfregos e tímidos do capim, farejando as nossas sombras de brancos numa aflição inquieta, e saí a passagem de nível desconjuntada da porta de armas na direcção da mancha confusa da sanzala lá em baixo, de onde o odor da mandioca subia como um relento de jazigo, a mandioca a secar nos telhados das cubatas, parecida com os ossos que o senhor Joaquim, que vendia os esqueletos aos estudantes de Medicina, comprava ao coveiro do Alto de São João e deixava a secar na sua mansarda do Campo de Santana, inquinando docemente o triste odor citadino das árvores do jardim.

Ia jurar que me esperavas, Sofia, para lá das paredes grossas de adobe que conservavam ainda, na dureza do barro, as marcas dos dedos anónimos que as haviam erguido, porque a porta de madeira se abriu, sem que lhe tocasse, para um escuro mais escuro do que o escuro da noite, mas povoado do silêncio das respirações e dos sussurros, de um cacarejo suave de galinhas adormecidas, de um dorso fugidio de cabíri, da tua mão, Sofia, que me guiava nas trevas, como um dia, quando for cego, a minha filha me guiará, me guiava através do escuro e do silêncio, e eu sentia a tua gargalhada vitoriosa imóvel na boca, riso de mulher liberta que nenhum pide, nenhum tropa, nenhum cipaio calaria, o teu riso que mesmo hoje, neste asséptico e odioso aquário de azulejos, continuo a escutar, sentado na sanita, olhando no espelho o meu rosto que irremediavelmente envelheceu, as falanges amarelas dos cigarros, os cabelos brancos, que eu não tinha, as rugas, Sofia, que me vincam a testa do mole cansaço dos que em definitivo desistiram.

Ia jurar que a cova do colchão de palha possuía a exacta forma do meu corpo, como se desde sempre pacientemente me aguardasses, que a largura da tua vagina era a miraculosa medida do meu pénis, que o filho mulato a ressonar no berço de bordão que o comerciante Afonso, gordo, ruivo e fanhoso, tinha por seu, e recebia de tempos a tempos, com uma palmada desdenhosa, na estreita loja nauseabunda de peixe seco, prolongava nas feições em repouso algo das minhas feições de antes, quando a amargura e o sofrimento da guerra me não haviam transformado ainda numa espécie de bicho desencantado e cínico, procedendo mecanicamente ao acto do amor nos gestos indiferentes e alheios dos comensais solitários nos restaurantes, olhando para dentro de si próprios as sombras melancólicas que os habitam.

Esperavas-me, Sofia, na espessa noite da tua casa na sanzala, acendias um pavio de petróleo numa garrafa, e as guinadas de claridade frouxa e romba revelavam-me, a espaços, latas em prateleiras, um cesto de roupa, o quadrado fechado da janela, uma velha acocorada a um canto a fumar o cachimbo de cana numa absoluta quietude, uma velha muito velha de carapinha mais branca que o algodão do Cassanje, e cujos peitos chatos e vazios se colavam às costelas como as pálpebras ocas dos mortos aderem às órbitas vazias. Esperavas-me, Sofia, e nunca houve entre nós quaisquer palavras, porque tu entendias a minha angústia de homem, a minha angústia carregada de ódio de homem só, a indignação que a minha cobardia provocava em mim, a minha submissa aceitação da violência e da guerra que os senhores de Lisboa me impuseram, entendias as minhas desesperadas carícias e a ternura medrosa que te dava, e os teus braços desciam-me lentamente ao longo das costas, sem zanga nem sarcasmo, subiam e desciam lentamente ao longo do suor gelado dos meus flancos, apertavam-me devagar a cabeça contra o teu ombro redondo, e eu tinha a certeza, Sofia, que sorrias no escuro o calado e misterioso riso das mulheres quando os homens se tornam de súbito meninos e se lhes entregam como filhos desprotegidos e frágeis, exaustos de lutarem dentro de si mesmos contra o que de si mesmos os revolta.

A tua casa, Sofia, cheirava a vivo, a coisa viva e alegre como o teu riso repentino, a coisa quente e saudável e delicada e invencível, e a mim, que vinha do quartel e do desesperado azedume dos oficiais fartos de matar e ver morrer, torcidos, como eu, pelas dolorosas cólicas da saudade e do medo, sabia-me a infância estar contigo, sabia-me às unhas suaves da Gija nos meus rins, ao meu avô que se debruçava para o meu sono e me deixava na têmpora a violeta de um beijo, sabia-me ao modo como a minha tia Madalena me dizia Meu filho e me tocava o cabelo, eu que passava o tempo no meu quarto, desdenhosamente só, a fitar de quando em quando a figueira do quintal e a estremecer nas tripas os cogumelos de febre de um lancinante isolamento interior.

Porque sempre estive isolado, Sofia, durante a escola, o liceu, a faculdade, o hospital, o casamento, isolado com os meus livros por demais lidos e os meus poemas pretensiosos e vulgares, a ânsia de escrever e o torturante pânico de não ser capaz, de não lograr traduzir em palavras o que me apetecia berrar aos ouvidos dos outros e que era Estou aqui, Reparem em mim que estou aqui, Oiçam-me até no meu silêncio e compreendam, mas não se pode compreender, Sofia, o que se não diz, as pessoas olham, não entendem, vão-se embora, conversam umas com as outras longe de nós, esquecidas de nós, e sentimo-nos como as praias em outubro, desabitadas de pés, que o mar assalta e deixa no baloiçar inerte de um braço desmaiado. Sempre estive sozinho, Sofia, mesmo na guerra, sobretudo na guerra, porque a camaradagem da guerra é uma camaradagem de generosidade falsa, feita de um inevitável destino comum que se sofre em conjunto sem de facto se partilhar, estendidos no mesmo abrigo enquanto os morteiros estoiram como os ventres repletos de ferro ferido dos cancerosos nas enfermarias do hospital, apontando ao tecto narizes agudos de pássaros que apodrecem, sozinho, mesmo na missão abandonada, sentado com o tenente no banco traseiro do jipe sob as acácias, a escutar os insectos e os pássaros e o ensurdecedor silêncio de África, sozinho na enfermaria no meio dos feridos que gemiam, e choravam, e chamavam por mim noites a fio, dobrados pelo medo e pelas dores. Que imbecil aquela guerra, Sofia, digo-te eu aqui acocorado na sanita diante do espelho que implacavelmente me envelhece, sob esta luz de aquário e estes azulejos vidrados, estes metais, estes frascos, estas louças sem arestas, que imbecil aquela guerra numa África miraculosa e ardente onde apetecia nascer como o girassol, o arroz, o algodão e as crianças surdem num ímpeto de géiser, fumegante e triunfal.

Porque é que as mulheres negras, Sofia, permanecem silenciosas enquanto parem, silenciosas e serenas nas esteiras à medida que a cabeça de um filho rompe devagar do intervalo das coxas, ganha forma, se solta, um ombro se desembaraça da prega de útero que o prende, o tronco desliza para fora da vagina como o pénis a seguir ao coito, num único movimento implacável e liso, sem dor, apenas a doce separação de duas vidas, o simples afastamento de dois corpos que nunca mais se juntarão, tal como nós, Sofia, nos perdemos, quando cheguei à tua casa e a porta não se abriu, raspei a madeira com as unhas, rondei o adobe à escuta e uma mudez vazia me respondeu, nenhuma respiração, nenhum cacarejo suave de galinhas no seu sono me chegou pelas frinchas, pelos intervalos do barro, pelas madeixas escovadas do capim do tecto, tornei a raspar a madeira e a velha de cachimbo na boca descerrou o postigo, deslizou para mim um soslaio mineral, o pano ondulava um pouco em torno do seu ventre murcho, aproximei-me dela, espreitei para dentro, o pavio iluminava a cama deserta, as pregas de calcário dos lençóis, as latas oxidadas na prateleira, o horrível côncavo da ausência. A velha retirou o cachimbo da boca como quem descola a custo um selo de um envelope, cuspiu para as minhas coxas um escarro escuro como nuvem de chuva, os lábios rodeavam-se de pregas concêntricas de ânus, o cachimbo aceso formou uma voluta trémula no ar, e a velha disse:

— Sô pide levou.

Era tua mãe ou tua avó, e não havia nenhum sentimento aparente de desgosto ou alarme no seu tom, ou, se havia, não atentei nele, pasmado como fiquei por a ouvir falar, como teria ficado se uma cadeira ou uma mesa recitasse de súbito, em voz cava, um dos sonetos de Antero do meu pai.

No dia seguinte, a caminho do hospital civil, passei pelo quartel da Pide onde os prisioneiros sachavam a lavra dos agentes sob a vigilância feroz de um carcereiro armado, encostado à sombra da casa como uma hiena retesa antes do salto, pastoreando homens e mulheres magros, quase nus, de cabeça rapada, inchados de pontapés e bofetões, inclinando-se para a terra em gestos moles de cadáveres adiados. Passei pelo quartel da Pide, Sofia, entrei o portão a estremecer de medo e nojo, e perguntei por ti ao chefe de brigada que junto ao Land-Rover dava instruções a duas criaturas pálidas, de pistola à cinta, a tomarem notas aplicadas em blocos de argolas de estudantes do liceu. O cabrão escorregou risos contentes de frade diante de um banquete de galhetas:

— Era boa, hã? Estava feita com os turras. Co-
missária, topa? Demos-lhe uma geral para mudar o óleo
à rapaziada, e, a seguir, o bilhete para Luanda.

Tenho que voltar lá para dentro, Sofia. É quase
manhã e o uísque evapora-se nas paredes do meu corpo como um hálito embaciado num vidro, deixando-me
a estrebuchar, aflito, contra a desencantada lucidez da
madrugada, em que o vento dos anos devolutos sopra,
pelo nariz exausto, o seu rumor transparente de tristeza. A árvore do meu sangue desdobra os transidos ramos incontáveis pelos membros fora, espalhando-me na
pele um nevoeiro tão melancólico como o da cidade em
novembro, a minha gasta e humilde cidade que acorda,
casa a casa, para um quotidiano de notário. E saio deste
aquário de azulejos como saí do quartel da Pide, em que
os prisioneiros sachavam a lavra dos agentes inclinando-
se para a terra em curtos gestos moles de cadáveres, sem
a coragem de um grito de indignação ou de revolta, a
acabar de cumprir esta noite como outrora cumpri, sem
protestar, vinte e sete meses de escravidão sangrenta, saio
para o corredor, Sofia, apago a luz, e recomeço a sorrir a
gargalhada fradesca, filha da puta, desprovida de júbilo,
do chefe de brigada junto ao Land-Rover, descerrando
os dentes enormes numa satisfação de hiena. Porque foi
nisto que me transformei, que me transformaram, Sofia:
uma criatura envelhecida e cínica a rir de si própria e dos
outros o riso invejoso, azedo, cruel dos defuntos, o riso
sádico e mudo dos defuntos, o repulsivo riso gorduroso
dos defuntos, e a apodrecer por dentro, à luz do uísque,
como apodrecem os retratos nos álbuns, magoadamente,
dissolvendo-se devagarinho numa confusão de bigodes.

T

Não, a sério, espere, deixe-me desapertar-lhe o soutien. Apaga-se uma das luzes na mesa de cabeceira, um púdico véu de penumbra desce sobre os lençóis como no rosto das graves senhoras desconhecidas das visitas de pêsames da minha infância, instaladas em torno de um bule de prata para chás solenes, roçando de leve os pratos de biscoitos com as luvas de camurça. Eu descalço as peúgas sentado na cama, você luta com o fecho éclair das calças numa impaciência de taxista diante do sinal vermelho, e pode ser que pairem, com um pouco de sorte, neste quarto, doces atmosferas conjugais feitas de uma teia de hábitos comuns pacientemente conquistados. Mas deixe-me desapertar-lhe o soutien: adoro estes fechos pequeninos, complicados, que se abrem sempre ao contrário do que de início se pensa, e os seios que por fim me deixam na mão o seu invólucro de pano, como as cobras dependuram nos arbustos as peles abandonadas. Já reparou que os seios nascem como luas dos vestidos, redondos, brancos, macios, opalinos, de uma morna claridade interior de veias e de leite, erguendo-se sobre a cidade deitada do meu corpo num vagar triunfal? Gosto de ver os seios surgirem-me do flanco, subirem, indiferentes, à altura trémula e sequiosa dos meus beijos, cobrir com a nuvem do braço a sua suavidade calma, debruçar-me para a auréola dos mamilos em cuidados desajeitados de astronauta, pousar a testa no côncavo intervalo que os separa, e sentir dentro de mim, de olhos fechados, a funda tranquilidade de um mar finalmente em repouso, tocado de leve pelo halo indeciso de um peito que amanhece.

Estendido ao seu lado, junto ao seu perfil nu e imóvel de defunta, das coxas derramadas nos lençóis, do bosquezinho tocante, geométrico e frágil do púbis, dos pêlos arruivados do púbis que a lâmpada torna nítidos e precisos como os ramos dos choupos no crepúsculo, vem-me à ideia o soldado de Mangando que se instalou de costas no beliche, encostou a arma ao pescoço, disse Boa noite, e a metade inferior da cara desapareceu num estrondo horrível, o queixo, a boca, o nariz, a orelha esquerda, pedaços de cartilagens e de ossos e de sangue cravaram-se no zinco do tecto tal as pedras se incrustam nos anéis, e agonizou quatro horas no posto de socorros, estrebuchando apesar das sucessivas injecções de morfina, a borbulhar um líquido pegajoso pelo buraco esbeiçado da garganta.

Eu estava sentado no jango de Marimba, a olhar a noite e os insectos fantásticos que habitam o denso escuro de África e que as trevas incansavelmente segregam e expulsam, no jango de Marimba pegado à casa da professora cujas ancas estreitas se dissolviam em dolorosas menstruações intermináveis. As varetas de guarda-chuva dos morcegos rodopiavam como papéis ao vento sob a muralha imensa das mangueiras, a Baixa do Cassanje era um Alentejo enevoado de entusiasmo ardente, da furiosa alegria de Angola onde até o sofrimento e a morte adquirem triunfais ressonâncias de vitória, quando me vieram do rádio avisar do tiro, Um tipo deu um tiro em Mangando, o furriel enfermeiro empurrou as seringas e os ferros para um saco, a escolta esperava já por nós perto da messe de sargentos, partimos aos saltos para o norte, a acordar os mochos que dormiam, de cócoras, na picada e agitavam as asas defronte dos faróis como os afogados esbracejam, cerca da praia, a aflição desordenada das penas.

Mangando, Marimbanguengo, Bimbe e Caputo, eis os pontos cardeais da minha angústia: Bimbe e Caputo eram sanzalas fechadas na mata, policiadas por milícias e GE, espiadas pelos informadores da Pide e pelos brancos da OPVDCA, espécie de chuis laicos, fardados como os caçadores de hipopótamos e elefantes dos livros de gravuras da minha infância, livros do sótão do tio Elói com homens de botas altas e espingarda de dois canos risonhamente instalados sobre os enormes pedregulhos cinzentos dos animais inertes. Da janela do sótão avistava-se a prisão de Monsanto, que eu supunha repleta de criaturas simiescas, de barba por fazer, a abanarem as grades de olhos alucinados e cintilantes, e cuja respiração julgava escutar, colada ao meu ouvido, se acordava a meio da noite, e me paralisava de terror. O tio Elói dava corda aos relógios da parede, bebia-se anis Del Mono por cálices de vidro azul, uma doce paz intemporal descia do aparador, como do rosto de uma pessoa que se ama. O tio Elói, pensava eu aos saltos na picada a caminho de Mangando, as tardes de Benfica no verão, pesadas como frutos rumorosos de luz, a voz de Chaby Pinheiro no gramofone de campânula, a rouquejar versos entre estalos e silvos, em que fundo de mim deixei que essa inocência se perdesse? Os faróis do carro arrancavam as árvores do escuro puxando-as violentamente para si, a chuva cavara desníveis enormes na estrada improvisada, em Bimbe e Caputo sobas fantoches, impostos pelo governo, fechavam-se receosos na protecção dos quimbos, encostados aos panos do Congo das mulheres. Os fascistas fizeram grandes erros em África, percebe, grandes e estúpidos erros em África, porque o fascismo felizmente é estúpido, suficientemente estúpido e cruel para se devorar a si mesmo, e um deles foi substituir os chefes de sangue, os nobres, altivos e indomáveis chefes de sangue, por sobas falsos, que o povo escarnecia e desprezava, fingia venerar diante dos brancos satisfeitos mas desprezava em segredo, continuava a obedecer às autoridades verdadeiras ocultas na mata, o soba Caputo, por exemplo, agarrou na imagem de madeira do deus Zumbi, desapareceu na noite, e a sua gente, perplexa, contemplava o nicho vazio numa consternação aflita, recebia as instruções dos tambores que latiam na treva as suas enormes têmporas reboantes de ecos.

Mangando, Marimbanguengo, Bimbe e Caputo: em Mangando e Marimbanguengo a tropa estacionada tiritava de paludismo e aflição, soldados seminus cambaleavam no calor insuportável da caserna, que o relento do suor e dos corpos por lavar entontecia como os hálitos nauseabundos dos cadáveres, se nos inclinamos para eles à espera das tristes palavras apodrecidas que os mortos legam aos vivos num borbulhar de sílabas informes. Em Mangando e Marimbanguengo, vi a miséria e a maldade da guerra, a inutilidade da guerra nos olhos de pássaros feridos dos militares, no seu desencorajamento e no seu abandono, o alferes em calções espojado pela mesa, cães vadios a lamberem restos na parada, a bandeira pendente do seu mastro idêntica a um pénis sem força, vi homens de vinte anos sentados à sombra, em silêncio, como os velhos nos parques, e disse ao furriel enfermeiro, que desinfectava o joelho com tintura, É impossível que um dia destes não tenhamos por aqui uma merdósia qualquer, porque, sabe como é, quando homens de vinte anos se sentam assim à sombra, num tão completo desamparo, algo de inesperado, e estranho, e trágico acontece sempre, até que me vieram informar do rádio Um tipo deu um tiro em Mangando, e eu corri para o carro onde a escolta me aguardava a aprontar-se ainda, e seguimos aos saltos para o norte pela picada que a chuva destruíra.

É esquisito falar-lhe disto enquanto lhe toco os seios, lhe percorro o ventre, procuro com os dedos a junção húmida das coxas onde realmente o mundo começa, porque foi das pernas da minha mãe que divisei pela primeira vez, com órbitas recentes como moedas novas, o universo ciciado e estranho dos adultos, a sua inquietação e a sua pressa. É esquisito falar-lhe disto em Lisboa, neste quarto forrado de papel de flores que uma namorada escolheu antes de se evaporar de mim, se sumir da minha vida tão repentina e obliquamente como veio e me deixar nas tripas uma espécie de ferida que ainda me dói quando lhe toco, neste quarto de onde se vê o rio, as luzes de Almada e do Barreiro, o grosso azul fosforescente da água. Tão esquisito, entende, que me pergunto às vezes se a guerra acabou de facto ou continua ainda, algures em mim, com os seus nojentos odores de suor, e de pólvora, e de sangue, os seus corpos desarticulados, os seus caixões que me aguardam. Penso que quando eu morrer a África colonial voltará ao meu encontro, e procurarei em vão, no nicho do deus Zumbi, os olhos de madeira que não há, que verei de novo o quartel de Mangando a dissolver-se no calor, os negros da sanzala ao longe, a manga da pista de aviação acenando escarninhamente para ninguém. De novo será noite e apear-me-ei do unimogue a caminho do posto de socorros, onde o tipo sem rosto agoniza, aclarado pelo petromax que um cabo segura à altura da cabeça e contra o qual os insectos se desfazem num ruidozinho quitinoso de torresmos.

O tipo sem rosto agoniza numa agitação incontrolável, amarrado à marquesa de ferro que oscila, e vibra, e parece desfazer-se a cada um dos seus sacões, gemendo pela lepra de ferrugem das juntas. Ventas curiosas espreitam das janelas, um pequeno cacho acumula-se à porta para assistir, fascinado e em pânico, ao sangue e à saliva que borbulham pela garganta inexistente, aos sons indefiníveis que o que sobeja de nariz emite, aos olhos que a pólvora rebentou como ovos cozidos que explodissem. As ampolas de morfina sucessivamente injectadas no deltóide parecem esporear cada vez mais o corpo amarrado que se rebola e torce, e o petromax multiplica nas paredes em sombras que confluem, se sobrepõem e se afastam, formando uma dança frenética de manchas na geometria suja do estuque. Apetece-me abrir a porta de golpe, abandoná-lo, sair dali, tropeçar ao acaso, cá fora, nos cães do quartel e nos miúdos espantados que se nos enrodilham nas pernas, respirar o algodão húmido do ar de África, sentar-me nos degraus de uma velha casa de colono, de mãos no queixo, vazio de indignação, de remorso, de piedade, a lembrar as íris cor de capim da minha filha nos retratos que de Lisboa, pelo correio, me mandam, e imaginar-me a vigiar-lhe o sono, dobrado para os panos do seu berço num desvelo comovido. Os grilos de Mangando enchem a noite de ruídos, um dilatado e grave som contínuo sobe da terra e canta, as árvores, os arbustos, a miraculosa flora de África solta-se do chão e flutua, livre, na atmosfera espessa de vibrações e de cicios, o tipo amarrado à marquesa agoniza a um metro de mim à laia das rãs crucificadas nas pranchetas de cortiça do liceu, introduzo-lhe ampola após ampola nos músculos do braço, e queria estar a treze mil quilómetros dali, a vigiar o sono da minha filha nos panos do seu berço, queria não ter nascido para assistir àquilo, à idiota e colossal inutilidade daquilo, queria achar-me em Paris a fazer revoluções no café, ou a doutorar-me em Londres e a falar do meu país com a ironia horrivelmente provinciana do Eça, falar na choldra do meu país para amigos ingleses, franceses, suíços, portugueses, que não tinham experimentado no sangue o vivo e pungente medo de morrer, que nunca viram cadáveres destroçados por minas ou por balas. O capitão de óculos moles repetia na minha cabeça A revolução faz-se por dentro, e eu olhava o soldado sem cara a reprimir os vómitos que me cresciam na barriga, e apetecia-me estudar Economia, ou Sociologia, ou a puta que o pariu em Vincennes, aguardar tranquilamente, desdenhando a minha terra, que os assassinados a libertassem, que os chacinados de Angola expulsassem a escória cobarde que escravizava a minha terra, e regressar, então, competente, grave, sábio, social-democrata, sardónico, transportando na mala dos livros a esperteza fácil da última verdade de papel.

Mangando, Marimbanguengo, Bimbe e Caputo: o sujeito imobilizou-se por fim num estremeção derradeiro, o que restava da garganta cessou o seu borbulhar ansioso, o cabo do petromax deixou pender o braço e as sombras estenderam-se no soalho numa vergonha de cachorros, subitamente imóveis. Ficámos muito tempo a contemplar o cadáver agora em sossego, as mãos molemente cavadas sobre as coxas, as botas que se me afiguravam dilatadas de um recheio de palha, quietas na placa de ferro branco, mal pintada, da marquesa. Os que espreitavam pela janela sumiram-se dos caixilhos na direcção da caserna, o pequeno grupo apinhado dissolveu-se devagar num murmúrio indistinto, e eu, sabe como é, dava o cu para estar longe dali, longe do gajo morto que mudamente me acusava, longe das ampolas de morfina que se amontoavam, vazias, no balde de pensos, no meio da gaze, do algodão, das compressas, estar em Paris a explicar no café como se combate o fascismo, estar em Londres a catequizar de Marcuse as pernas de uma inglesa deslumbrada, estar em Benfica a tocar de leve, com o dedo, a testa da minha filha que dormia, a ler Salinger diante das cortinas abertas para a figueira do quintal, onde a noite se enredava como as minhas mãos desajeitadas enredavam as meadas de lã das minhas tias.

Não. Ainda não. Deixe-me abraçá-la devagar, sentir a sua pele de encontro à minha, o flanco, a curva leve da cintura. Gosto do sabor da sua boca, de tocar com a língua a placa dos dentes que me garante uma maravilhosa perecibilidade, de ver as pálpebras descerem quando os seus lábios se aproximam, de assistir à morna entrega inteira do seu corpo. Esta cama é uma ilha à deriva no mar de prédios e telhados de Lisboa, os nossos cabelos, as farripas das palmeiras ao vento, as falanges que se procuram, uma reptação ansiosa de raízes. No momento em que os seus joelhos se afastarem docemente, os cotovelos me apertarem as costelas, e o seu púbis ruivo descerrar as pétalas carnudas numa húmida entrega de valvas quentes e macias, penetrarei em si, percebe, como um cachorro humilde e sarnento num vão de escada para tentar dormir, procurando um aconchego impossível na madeira dura dos degraus, porque o tipo de Mangando e todos os tipos de Mangando e Marimbanguengo e Cessa e Mussuma e Ninda e Chiúme se erguerão no interior de mim nos seus caixões de chumbo, envoltos em ligaduras sangrentas que esvoaçam, exigindo-me, nos resignados lamentos dos mortos, o que por medo lhes não dei: o grito de revolta que esperavam de mim e a insubmissão contra os senhores da guerra de Lisboa, os que no quartel do Carmo se cagavam e choravam vergonhosamente, tontos de pânico, no dia da sua miserável derrota, perante o mar em triunfo do povo, que arrastava, no seu impetuoso canto, como o Tejo, as árvores magras do largo. Os tipos de Marimba que recusaram o refeitório e o rancho do jantar e permaneceram formados na parada, com o cabo mais antigo ao lado, um homem loiro, sério, sem palavras, em sentido na parada, até o oficial de serviço, à minha frente, o desfazer de tareia com a pistola, o cabo caía, levantava-se, punha-se de novo em sentido, sangrava pelo nariz, pelos sobrolhos, pela boca, a companhia, formada, olhava fixamente para diante, o oficial pontapeava o corpo de gatas que buscava alcançar a boina para a colocar ainda na cabeça, e que repetia Meu alferes meu alferes meu alferes numa indestrutível teimosia paciente, e por fim a companhia marchou lentamente para o refeitório e aceitou a lavadura do rancho. Não era o rancho que estava em causa, percebe, todos comíamos o mesmo alimento turvo, quase podre, que as crianças da sanzala, munidas de latas ferrugentas, desejavam com grandes órbitas côncavas de fome penduradas suplicantemente do arame, era a guerra, a cabronice da guerra, os calendários imóveis em intermináveis dias, fundos como os tristes e suaves sorrisos das mulheres sozinhas, eram as silhuetas dos camaradas assassinados que rondavam as casernas à noite conversando connosco na pálida voz amarela dos defuntos, fitando-nos com as pupilas magoadas e acusadoras dos esqueléticos cães vadios do quartel. Os soldados acreditavam em mim, viam-me trabalhar na enfermaria os seus corpos esquartejados pelas minas, viam-me à beira dos beliches se tiritavam de paludismo nos lençóis desfeitos, de modo que, sabe como é, me cuidavam um deles, pronto a encabeçar a sua zanga e o seu protesto, assistiram à minha entrada na caserna onde um homem se trancara brandindo uma catana e ameaçando matar toda a gente e a si próprio, e viram-me sair com ele, momentos depois, a soluçar no meu ombro abandonos de bebé disforme, os soldados julgavam-me capaz de os acompanhar e de lutar por eles, de me unir ao seu ingénuo ódio contra os senhores de Lisboa que disparavam sobre nós as balas envenenadas dos seus discursos patrióticos, e assistiram enojados à minha passividade imóvel, aos meus braços pendentes, à minha ausência de combatividade e de coragem, à minha pobre conformação de prisioneiro.

Espere mais um pouco, deixe-me abraçá-la devagar, sentir o latir das suas veias no meu ventre, o crescer de onda do desejo que se nos espalha pela pele e canta, as pernas que pedalam nos lençóis, ansiosas, à espera. Deixe que o quarto se povoe de ténues sons de gemidos em busca de uma boca onde ancorar. Deixe que eu volte de África para aqui e me sinta feliz, quase feliz, acariciando-lhe as nádegas, o dorso, o interior fresco e macio das pernas, ao mesmo tempo rijo e tenro como um fruto. Deixe que eu esqueça, olhando-a bem, o que não consigo esquecer, a violência assassina na terra prenhe de África, e tome-me dentro de você quando do redondo das minhas pupilas espantadas, enodoadas da vontade de si de que sou feito agora, surgirem as órbitas côncavas de fome das crianças da sanzala, penduradas do arame, a estenderem para os seus seios brancos, na manhã de Lisboa, as latas ferrugentas.

U

Gostou? Assim, assim? Desculpe, não estou em forma hoje, sinto-me azelha, alheado, não domino o meu corpo, o uísque inquina-me o hálito de um relento de urina, a dolorosa consciência das minhas insuficiências preocupa-me. Durante muitos anos pensei em inscrever-me num desses cursos de que nos enviam os prospectos desdobráveis pelo correio, e que em quinze dias nos transformam em hércules eficazes, bem penteados, bem barbeados, nodosos de músculos, cercados por uma nuvem admirativa de raparigas maravilhadas:

Em Sua Casa, Sem Aparelhos, Com Dez Minutos De Exercício Apenas, Torne-Se Um *Homem;*

Ganhe A Confiança Dos Seus Chefes E O Amor Das Mulheres Graças Ao *Método Culturista Sansão;*

Cresça Treze Centímetros Sem Palmilhas Com A Técnica De Prolongar As Tíbias *Gulliver;*

A *Loção Azevichex* Fará O Seu Cabelo Recuperar A Cor Natural, Brilhante, Sedoso E Macio Com Uma Única Aplicação;

É Ansioso? Vive Triste? O *Magnetismo Astral*, Em Cinco Lições, Dar-Lhe-Á Confiança No Futuro;

Perca O Seu Ventre Incomodativo Pedalando A Domicílio Com A Bicicleta *Abdomal*;

Não Consegue Arranjar Emprego? Combata A Calvície Com O Óleo Biológico *Hirsutex* (Rico Em Algas Canadianas) E Todas As Portas Se Lhe Abrirão;

Se Não Se Despe Na Praia Por Ter Vergonha Dos Seus Ombros Estreitos Solicite Nas Boas Casas Da Especialidade O Folheto Explicativo "Conquistei Minha Esposa Graças Ao *Claviculone Electrónico*";

Mau Hálito? Experimente O *Spray* Norueguês *Cebolov* (À Base De Casca De Cebola E Essência De Alho) E Os Seus Amigos Aproximar-Se-Ão, Fascinados, Das Suas Palavras;

É Gago? A *Psicanálise Parapsicológica Do Professor Azeredo* Conferir-Lhe-Á A Fluência Elegante De Um Locutor De Televisão.

Não, oiça, só estou a ironizar em parte, sobretudo para disfarçar a humilhação do meu fracasso e a desilusão que atravessa de leve o seu silêncio, como as sombras que cruzam, de quando em quando, o alegre sorriso da minha filha mais nova, e me tocam no fundo das tripas a gota de ácido de um remorso ou de uma dúvida. Quereria desesperadamente ser outro, sabe, alguém que se pudesse amar sem vergonha e de que os meus irmãos se orgulhassem, de que eu próprio me orgulhasse ao observar no espelho da barbearia ou do alfaiate o sorriso contente, o cabelo loiro, as costas direitas, os músculos óbvios sob a roupa, o sentido de humor à prova de bala e a inteligência prática. Irrita-me este invólucro inábil e feio que é o meu, as frases enroladas na garganta, a falta de lugar para as minhas mãos defronte das pessoas que não conheço e me amedrontam. Irrita-me o receio que tenho de si, de lhe desagradar, de não conseguir que o seu corpo se erga, em ondas, do lençol, ao mesmo tempo vitorioso e vencido, que o seu peito estremeça de prazer como uma enorme vaga antes de rebentar, que a sua boca me fale, no instante do orgasmo, a linguagem gasosa dos anjos, em que flutuam à deriva beijos em latim. Consinta-me que tente outra vez, dê outra oportunidade à minha aflição sem esperança, porque desisti de a seduzir, de a fazer render-se às minhas proezas ou ao meu encanto, de a conceber a procurar o meu nome na lista dos telefones, para me pedir, no sábado, para jantar consigo, e ficar fitando-me, esquecida do rosbife e do tempo, num maravilhamento de descoberta. Uma oportunidade, não por si, não por nós, mas por mim: seja um pouco o Claviculone Electrónico da alma, ajude a que me cresçam vigorosos ombros de esperança das omoplatas finas do desânimo, e que o meu tronco, de repente triangular, erga num júbilo fácil o homenzinho derrotado que sou. Transporte-me como uma Pietà hercúlea o seu Cristo exausto, como eu transportei ao colo, há muitos anos, o negro a quem os crocodilos do rio Cambo haviam devorado a perna esquerda, e que gemia docemente, tal os filhos das hienas nos ninhos apodrecidos, rodeados de excrementos e de ossos espumosos de gazela.

Eu odiava o rio Cambo, o rio dos jacarés e das jibóias, porque das suas águas lentas nasciam, na época das chuvas, as trovoadas que avançavam, em rolos escuros, sobre o quartel, rebolando pelas escadas do ar abaixo os enormes pianos das nuvens. Durante as trovoadas, no Cassanje, as pessoas juntavam-se sob os mesmos telhados de zinco a tiritar de pavor, enquanto um odor de fósforo e de enxofre flutuava no ozono saturado do ar, madeixas de chispas prolongavam os nossos cabelos rígidos e azuis, as árvores amoleciam humildemente à chuva, amedrontadas, as altivas árvores de Angola apequenavam-se, receosas, à chuva, e nós olhávamos uns para os outros enquanto os relâmpagos caíam, e nos iluminavam de viés o rosto do seu magnésio instantâneo de fotografia, revelando, sob a pele, a textura trágica dos malares. Na margem do rio Cambo, junto à jangada, vi uma jibóia morrer com uma cabra na garganta, torcendo-se na relva como os doentes de enfarte se torciam nos bancos de hospital, implorando entre soluços que os matassem, tentando arrancar do peito, com os dedos, as veias que vibravam à maneira de cordas tensas de guitarra. Vi as órbitas dos crocodilos à deriva na corrente, pensativas e atentas como as de uma rapariga à escuta, a pestanejarem a ironia mineral de certos bustos de Voltaire, sob cuja aparente simplicidade cintila o desdém carnívoro dos homens. E vi uma cubata, onde um raio tombara, enegrecida como a pálpebra fatal de uma dançarina de flamenco, e lá dentro, sentada na esteira, uma mulher imóvel, cercada do halo de claridade verde que emana das Senhoras de Fátima de plástico e dos ponteiros dos despertadores.

Eu odiava o rio Cambo e os arbustos decompostos que lhe limitavam o curso, os edifícios abandonados, de varanda de colunas, perdidos no capim, e de cujos sobrados em ruína os lagartos e os ratos nos espiavam com rancor. Odiávamos o rio em que tristes deuses de pau se chamavam com vozes guturais repletas de apelos e ameaças, o rio em que as lavadeiras esfregavam na pedra limosa a nossa roupa militar, seguidas pela fome suspensa dos soldados, masturbando-se, de joelhos na terra, junto da arma que esqueciam. Trazíamos vinte e cinco meses de guerra nas tripas, vinte e cinco meses de comer merda, e beber merda, e lutar por merda, e adoecer por merda, e cair por merda, nas tripas, vinte e cinco intermináveis meses dolorosos e ridículos nas tripas, de tal jeito ridículos que, por vezes, à noite, no jango de Marimba, desatávamos de súbito a rir, na cara uns dos outros, gargalhadas impossíveis de estancar, observávamos as feições uns dos outros e a troça escorria-nos em lágrimas de piedade, e de escárnio, e de raiva, pelas bochechas magras, até que o capitão, com a boquilha sem cigarro entalada nos dentes, se sentava no jipe e principiava a buzinar, espantando os morcegos das mangueiras e os insectos fantásticos de Angola, e nos calávamos como as crianças se calam a meio do seu choro, olhando as trevas em torno numa surpresa imensa.

Trazíamos vinte e cinco meses de guerra nas tripas, de violência insensata e imbecil nas tripas, de modo que nos divertíamos mordendo-nos como os animais se mordem nos seus jogos, nos ameaçávamos com as pistolas, nos insultávamos, furibundos, numa raiva invejosa de cães, nos espojávamos, latindo, nos charcos da chuva, misturávamos comprimidos para dormir no uísque da Manutenção, e circulávamos a cambalear pela parada, entoando em coro obscenidades de colégio. Dias antes, três camaradas nossos haviam morrido num acidente de unimogue, uma árvore inesperada saiu da mata e plantou-se, vertical, ao centro da picada, diante da viatura que largara do comércio da Chiquita, a seguir a umas cervejas moles no balcão das fazendas, e encontrámos os corpos disseminados no capim, de crânio fracturado, com as formigas vermelhas de África a treparem, obstinadas, pelos braços inertes. Dias antes, os nossos últimos companheiros assassinados partiram, embrulhados em lonas, para as urnas de Malange, que exalavam um odor repugnante e fétido apesar do chumbo soldado e da madeira, e os rostos defuntos deles, estendidos lado a lado no armazém de géneros do quartel, tinham adquirido uma serenidade de paz sem sobressaltos, a amável indiferença distraída dos jovens que me esquecera que eram, envelhecidos por um sofrimento sem razão. Invejei-os, percebe, entre os sacos de batata e de farinha, as garrafas de refrigerante, os volumes de tabaco, a enorme balança que se aparentava a um aparelho de tortura medieval, invejei a sua tranquilidade vazia de medo e a esperança baça que se escapava, vaga, das pálpebras mal cerradas, invejei o voltarem a Lisboa primeiro do que eu, com a tatuagem de uma flor de sangue seco na testa.

Escute. Vai começar a amanhecer, o ladrar dos cães nas quintas longe mudou ligeiramente de tonalidade, adquiriu o eco lívido e pálido da aurora. Pelas frestas das persianas o dia incha, dolorido e pesado como um furúnculo, abrigando dentro de si um pus de relógios e cansaço. Nos cigarros que acendemos há algo do incenso que paira nas igrejas depois das cerimónias acabadas, entre os dedos agudos das velas e a bondade pintada das imagens, as barbas dissolvidas na fuligem do tempo dos painéis dos santos. Vai começar a amanhecer e todos os candeeiros se tornarão inúteis, o sol exibirá sem piedade os nossos corpos deitados, as rugas, as pregas tristes da boca, o cabelo emaranhado, os restos de pintura e de creme na almofada. Como um campo de batalha, sabe como é, juncado da desordem já nem patética dos cadáveres, uma simples desarrumação de sótão em que os móveis fossem corpos decepados e risíveis. A energia musculosa do dia empurra-nos, como às corujas, para as derradeiras pregas de sombra, onde agitamos as penas húmidas numa ansiedade inquieta, encolhidos um contra o outro à procura da protecção que não há. Porque ninguém nos salva, ninguém pode mais salvar-nos, nenhuma companhia virá, de morteiro em punho, ao nosso encontro. Eis-nos irremediavelmente sós no convés desta cama sem bússola, baloiçando pela alcatifa do quarto hesitações de jangada. De certa forma continuaremos em Angola, você e eu, entende, e faço amor consigo como na cubata da sanzala Macau da tia Teresa, negra gorda, maternal e sábia, recebendo-me na palha do colchão numa indulgência suave de matrona. Os dedos dela arrepiam-me a espinha, o seu hálito grosso de peixe e de tabaco desce-me o peito a caminho do pénis, que endurece, os seios enormes e escuros baloiçam-me adiante da boca, túrgidos do transparente leite da ternura. O pavio do azeite aclara imagens piedosas, postais ilustrados colados na parede, os beiços peludos da vulva que me roçam o ombro, idêntica às escovas dos barbeiros, adejando-me no casaco à espera da gorjeta, e eu sinto-me como os mortos do unimogue no armazém de géneros, de flor de sangue na testa, tranquilos entre os sacos de farinha e de batata, as garrafas de refrigerante e os volumes de tabaco. Os oficiais jogam o loto na casa nova do administrador, a professora das menstruações dança em torno da mesa da sala de jantar com o condutor da carreira, a pálida alegria colonial tinge de tristeza cada gesto, e a tia Teresa fecha a porta por dentro para que ninguém, percebe, nos incomode, e desabotoa-me a camisa num vagar sapiente de ritual. O quimbo da tia Teresa, cercado pelo odor doce dos pés de liamba e de tabaco, é talvez o único sítio que a guerra não logrou invadir do seu cheiro pestilento e cruel. Alastrou por Angola, a terra sacrificada e vermelha de Angola, alcançou Portugal a bordo dos barcos de militares que regressavam, desorientados e tontos, de um inferno de pólvora, insinuou-se na minha humilde cidade que os senhores de Lisboa mascararam de falsas pompas de cartolina, encontrei-a deitada no berço da minha filha como um gato, fitando-me com pupilas de maldade oblíqua, a mirar-me dos lençóis com a turva raiva invejosa dos alferes nas mesas de jogo, medindo com rancor, de pistola à cinta, as cartas do parceiro. A guerra propagou-se aos sorrisos das mulheres nos bares, sob as ampolas despolidas dos candeeiros que lhes multiplicam de sombras a curva indagadora dos narizes, turvou as bebidas de um gosto azedo de vingança, aguarda-nos no cinema, instalada no nosso lugar, vestida de preto como um notário viúvo a retirar do bolso do casaco o estojo de plástico dos óculos. Está aqui, nesta casa vazia, nos roupeiros desta casa vazia, grávida dos fetos moles das minhas cuecas, no geométrico espaço de trevas que as lâmpadas não alcançam nunca, está aqui e chama-me baixinho com a pálida voz ferida dos camaradas assassinados nas picadas de Ninda e de Chiúme, estende para mim os cotovelos brancos e ossudos num abraço gasoso que me agonia. Está em si, no seu perfil sarcástico desprovido de amor, na obstinação do seu silêncio e no mover mecânico das suas ancas durante o coito, devorando o meu pénis como um estômago digere, indiferente, o alimento que lhe oferecem, recebendo os meus beijos na paciência vagamente aborrecida das prostitutas da minha infância, decrépitas bonecas insufláveis, ancoradas nas manchas de esperma seco das colchas. Deito um centímetro mentolado de guerra na escova de dentes matinal, e cuspo no lavatório a espuma verde escura dos eucaliptos de Ninda, a minha barba é a floresta do Chalala a resistir ao napalm da gilete, um grande rumor de trópicos ensanguentados cresce-me das vísceras, que protestam. Mas na cubata da tia Teresa, adocicada pelas folhas de liamba num vaso, as folhas que os soldados trouxeram de Angola, em caixas de pensos, para vender aos jovens frágeis do Rossio, aos jovens parecidos com aves doentes do Rossio, coxeando em volta dos repuxos num vagar tímido e perverso, na cubata da tia Teresa, quando a porta se trancava à chave e os postigos se corriam para uma intimidade de sacrário, a guerra circulava de mangueira em mangueira, trazendo pela mão os seus heróis mortos e o seu falso patriotismo de estuque e gesso, sem se atrever a entrar. Eu escutava, na palha do colchão, os seus passos aflitos lá fora, sabia-a que espreitava pelas frinchas o meu corpo estreito e cansado, calculava o seu furioso e mudo azedume de se sentir expulsa, desprezada pelo pavio de azeite, pelas imagens piedosas e pelos postais colados na parede, e sorria, de rosto na almofada, por me achar tranquilo, em paz e tranquilo num país que ardia.

Escute. Vai começar a amanhecer, os despertadores do prédio em frente empurrarão brutalmente para fora do sono as pessoas que dormem, extraindo-as do útero lunar dos lençóis na direcção de quotidianos sem alegria, de empregos melancólicos, dos rissóis de plástico das cantinas. O ladrar dos cães nas quintas assemelha-se agora ao regougo dos encarregados nas fábricas, aos berros dos polícias, que em 62, durante as greves universitárias, protegidos por uma espécie de viseiras, nos perseguiam de cacetes e de gases. Dentro em breve o sol exibirá duramente esta jangada de lençóis de náufragos, partilhando o último cigarro e o último uísque numa fraternidade de mendigos, sabe, de roupa espalhada ao acaso na alcatifa, mendigos nus e indiferentes sob um arco de ponte, coçando-se com as unhas sujas os dedos poeirentos dos pés. De modo que, se faz favor, chegue-se para o meu lado da cama, fareje a minha cova do colchão, passe a mão no meu cabelo como se tivesse por mim a suave e sequiosa violência de uma ternura verdadeira, expulse para o corredor o cheiro pestilento, e odioso, e cruel da guerra, e invente uma diáfana paz de infância para os nossos corpos devastados.

V

Conhece Malanje? Estava à espera da manhã para lhe falar de Malanje, da irrealidade de crepúsculo polar que envolve os objectos e os rostos dessa espécie de halo transparente poisado nas copas dos pinhais da Beira, da manhã, do silêncio de mar suspenso, à escuta, a respirar de leve, da manhã, para lhe falar de Malanje. Malanje, sabe como é, é hoje o monte de destroços e de ruínas em que a guerra civil a tornou, uma terra irreconhecível pela estúpida violência inútil das bombas, um campo raso de cadáveres, de costelas fumegantes de casas, e de morte. Talvez que nesse tempo, quando passei por ela de regresso ao meu país, pudesse adivinhar os destroços e as ruínas sob o perfil intacto dos prédios, as árvores do jardim, o café repleto de mulatos pretensiosos, cujos enormes carros de luxo apoiavam no passeio os narizes de esqualo dos faróis. Talvez que pudesse prever, sob a saúde aparente do sol, a sua morte próxima, tal como certos doentes nos revelam, por trás do sorriso alegre ou dos olhos carregados de uma falsa esperança, o esgar, não de medo nem de nojo, mas de vergonha, da agonia. A vergonha de estar deitado, a vergonha de não ter forças, a vergonha de desaparecer em breve, da agonia, a vergonha perante os outros, os que dos pés da cama nos olham no horror aliviado dos sobreviventes, inventam palavras de um optimismo doloroso, conversam em voz baixa com a enfermeira nos cantos do quarto, que a janela ilumina em diagonal de um dia ilusório. Malanje, percebe, é hoje o monte de destroços e de ruínas em que a guerra civil a tornou, uma cidade devastada, desaparecida, um templo de Diana de paredes escuras e de muros derrubados, mas em 73, no início de 73, era a terra dos diamantes, dos que enriqueciam e engordavam à custa do contrabando dos diamantes, à custa da camanga, do comércio furtivo das pedras: todas as pessoas traziam frasquinhos de reagentes na algibeira, os negros, a população branca, a polícia, a Pide, os administrativos, os professores, a tropa, e à noite, na cintura suja das sanzalas, comprava-se o minério a quem chegava do rio ou da fronteira com uma cintilação de vidro embrulhada em pedaços de pano, protegido pelas facas atentas dos cúmplices. Sanzalas e casas de putas sob os eucaliptos, colchas de chita, bonecas, mulheres envelhecidas de dentes de prata, gira-discos entoando aos berros os merengues cardíacos do Congo, e a felicidade por duzentos escudos numa súbita gargalhada de preta jovem, recebendo-nos dentro de si numa alegria de troça.

Malanje era o oficial pequeno, calvo, enrugado, parado à porta do liceu para assistir à saída das meninas das aulas, molhando o papel dos cigarros de um desejo porco de velho, ou instalado a seguir ao jantar no passeio fronteiro à varanda da messe, observando a vizinha impúbere, que levantava os pratos da mesa, com órbitas protuberantes de animal empalhado. Vi-o no Chiúme abrir a braguilha diante de uma prisioneira, obrigá-la a erguer uma das pernas colocando-a sobre o bidé, e penetrá-la, de boina na cabeça, a soprar pelo nariz uma asma repelente de bode. Entrei no quarto de banho dos sargentos, na pocilga eternamente inundada e nauseabunda a que se chamava quarto de banho dos sargentos, vi o oficial abraçado, numa espécie de desespero epiléptico, à prisioneira, criatura muda e tímida encostada aos azulejos, de pupilas ocas, e por cima da cabeça deles, através da janela, a chana abria-se num majestoso leque de verdes matizados, em que se adivinhava o brilho lento, ziguezagueante, quase metálico do rio, e a grande paz de Angola no cacimbo, às cinco da tarde, refractada por sucessivas camadas contraditórias de neblina. As nádegas do homem formavam um movimento de êmbolo que se apressava, a camisa pegava-se às costas em ilhas imprecisas de suor, o queixo tremia como o dos reformados nos refeitórios dos asilos, as pupilas ocas da prisioneira miravam-me numa fixidez insuportável, e apeteceu-me, entende, tirar também a minha pila para fora e urinar sobre eles, urinar demoradamente sobre eles, como em pequeno mijava para os sapos do quintal, abrigados no meio de dois troncos numa aflição de pedras que respiram.

Mas não podíamos urinar sobre a guerra, sobre a vileza e a corrupção da guerra: era a guerra que urinava sobre nós os seus estilhaços e os seus tiros, nos confinava à estreiteza da angústia e nos tornava em tristes bichos rancorosos, violando mulheres contra o frio branco e luzidio dos azulejos, ou nos fazia masturbar à noite, na cama, à espera do ataque, pesados de resignação e de uísque, encolhidos nos lençóis, à laia de fetos espavoridos, a escutar os dedos gasosos do vento nos eucaliptos, idênticos a falanges muito leves roçando por um piano de folhas emudecidas. Não temos árvores aqui: apenas o pó dos edifícios que se erguem, em torno deste, segundo o mesmo modelo deprimentemente igual para bancários melancólicos, as luzes do Areeiro lá em cima, azuladas e vagas como órbitas de cães cegos, a Avenida Almirante Reis e as suas lojas fechadas sobre si próprias à maneira dos punhos de uma criança que dorme: as pessoas acordam, afastam as cortinas da janela, espreitam para fora, observam as ruas cinzentas, os automóveis cinzentos, as silhuetas cinzentas que cinzentamente se deslocam, sentem crescer dentro de si um desespero cinzento, e deitam-se de novo, conformadas, resmungando palavras cinzentas no seu sono que se espessa.

Já reparou que moro numa Pompeia de prédios em construção, de paredes, de vigas, de escombros que crescem, de guindastes abandonados, de montes de areia, e de máquinas de cimento redondas como estômagos ferrugentos? Daqui a algumas horas, operários de capacete principiarão a martelar estas ruínas empoleirados em esboços de caixilhos, os maçaricos furarão o betão numa raiva teimosa, os canalizadores abrirão arbustos de artérias na carne enteiriçada das casas. Vivo num mundo morto, sem cheiros, de poeira e de pedra, onde o enfermeiro da policlínica do primeiro andar passeia, de bata, a barba surpreendida de fauno, buscando ao seu redor, em vão, relvas fofas de margem. Vivo num mundo de poeira, de pedra e de lixo, principalmente de lixo, lixo das obras, lixo das barracas clandestinas, lixo de papéis que virevolteiam e se perseguem, ao longo dos tapumes, sargetas fora, soprados por um hálito que não há, lixo de ciganos vestidos de preto, instalados nos desníveis da terra, numa espera imemorial de apóstolos sabidos.

Queria falar-lhe de Malanje, agora que me portei mais ou menos, não é verdade, você gemeu mesmo, uma ou duas vezes, latidos de cadelinha contente, agitou-se numa espécie de espasmo de coreia ou de desmaio, o seu rosto, de olhos fechados e de boca aberta, assemelhou-se por instantes ao das velhas que comungavam nas igrejas da minha infância, velhas de dentadura solta, arfando, de língua de fora, pelo círculo branco da hóstia. Eu, menino do coro, acompanhava o padre e contemplava, fascinado, o inacreditável comprimento das línguas das velhas que se empurravam e acotovelavam, armadas de guarda-chuvas de cabo de osso e de grandes terços semelhantes a colares de actrizes, defronte do prior, de taça na mão, resmungando arrotos místicos pela ponta dos beiços. Queria falar-lhe de Malanje, da cidade cercada de casas de putas e de eucaliptos, pátria da camanga repleta de aventureiros palavrosos ou esquivos, tipos de pupilas cautelosas, oblíquas, instalados de leve nas esplanadas dos cafés. Queria falar-lhe da miraculosa claridade de Malanje, da luz que se diria nascer do chão num júbilo impetuoso e violento, do bunker da Pide e do quartel pretensioso em baixo, quartel de província, percebe, a cheirar a desinteresse e a sargento.

De Malanje a Luanda, quatrocentos quilómetros de estrada atravessavam os morros fantásticos de Salazar, aldeias à beira do alcatrão como verrugas no contorno de um beiço, o fluir majestoso do Dondo em que se adivinha a presença do mar, na demora das suas ancas lentas de mulher de Pavia, e nos pássaros brancos e pernaltas da baía de Luanda, a roçarem a água com os corpos de esferovite fusiforme. Mas o importante, em Malanje, eram os minutos que precedem a aurora, os minutos irreais, pungentes, absurdos que precedem a aurora, incolores e distorcidos como os rostos da insónia ou do medo, a perspectiva deserta das ruas, o silêncio transido das árvores e os seus braços que parecem retrair-se, hesitantes, magoados por um pânico sem razão. Antes da madrugada, sabe como é, todas as cidades se inquietam, se enrugam de desconforto como as pálpebras de um homem que não dormiu, espiam a claridade, o nascer indeciso da luz, se arrepiam como pombos doentes num telhado, a estremecerem as penas nocturnas no receio frágil e oco dos ossos. O primeiro sol, pálido, cor de laranja, como que pintado a lápis no céu de prata desbotada, encontra, ao surgir devagar da confusão geométrica das casas, praças pregueadas, avenidas encolhidas, travessas sem espaço, sombras desprovidas de mistério refugiadas no interior das salas, entre o brilho dos copos e os sorrisos dos mortos nas molduras, de bigodes encurvados como as sobrancelhas sarcásticas dos professores de matemática, depois do enunciado de um problema de torneiras difícil. Todas as cidades se inquietam, mas Malanje, percebe, dobrava-se a estremecer sobre si própria como eu me debruço, na cama, para si, temeroso do dia que me aguarda, com o seu peso insuportável de pedra no meu peito, e a cinza que se me acumula nas mãos e deixo nos restaurantes ao lavá-las, antes do eterno bife sem gosto do almoço. Queria pedir-lhe que não saísse daqui, me acompanhasse, ficasse comigo deitada aguardando não só a manhã mas a próxima noite, e a outra noite, e a noite seguinte, porque o isolamento e a solidão se me enrolam nas tripas, no estômago, nos braços, na garganta, me impedem de me mover e de falar, me tornam num vegetal agoniado incapaz de um grito ou de um gesto, à espera do sono que não chega. Fique comigo até que eu, finalmente, adormeça, me afaste de si numa dessas inexplicáveis reptações frouxas com que os afogados oscilam nas vazantes, me estenda de bruços, de boca na almofada, babando na barriga da fronha palavras indistintas, me afunde no poço pantanoso de uma espécie de morte, a ressonar o meu grosso coma de pastilhas e de álcool. Fique comigo agora que a manhã de Malanje incha dentro de mim, vibra dentro de mim, invertida, agitações deformadas de reflexo, e estou sozinho no asfalto da cidade, perto dos cafés e do jardim, possuído de um insólito desejo sem objecto, indefinido e veemente, a pensar em Lisboa, na Gija ou no mar, a pensar nas casas de putas sob os eucaliptos e nas suas camas repletas de bonecas e naperons. O medo de voltar ao meu país comprime-me o esófago, porque, entende, deixei de ter lugar fosse onde fosse, estive longe demais, tempo demais para tornar a pertencer aqui, a estes outonos de chuvas e de missas, estes demorados invernos despolidos como lâmpadas fundidas, estes rostos que reconheço mal sob as rugas desenhadas, que um caracterizador irónico inventou. Flutuo entre dois continentes que me repelem, nu de raízes, em busca de um espaço branco onde ancorar, e que pode ser, por exemplo, a cordilheira estendida do seu corpo, um recôncavo, uma cova qualquer do seu corpo, para deitar, sabe como é, a minha esperança envergonhada.

X

Não, palavra, oiça: agora que nos vamos separar, depois de combinarmos um vago encontro num vago restaurante de que nenhum de nós amanhã se lembrará, que nos não voltaremos a ver senão no acaso fugitivo de um bar ou de um cinema, com tempo apenas para um breve aceno e um sorriso, um desses sorrisos instantâneos, sem afecto, que se abrem e se fecham, num brilho circular de dentes, à maneira dos diafragmas das máquinas fotográficas, agora que você se vai vestir nos gestos neutros e apressados das mulheres a seguir à mesa do ginecologista, apertando botões como quem se agrafa, posso confessar-lhe, de cotovelo apoiado no colchão, junto ao cinzeiro a transbordar de cinza e de pontas de cigarro, de que sobe o odor repugnante de tabaco frio das coisas acabadas, que gosto de si. A sério. Gosto da ironia atenta do seu silêncio, da gargalhada que paira, de quando em quando, sobre as feições em sossego, à laia de uma nuvem indecisa, gosto das suas pulseiras exóticas, do luzir avaliador dos seus olhos, da raiz elástica das coxas que se fecham acima do meu corpo tal como a água cobre, num único movimento sem rumor, o último aceno, já de alga, com que os afogados se dissolvem numa espumazinha sem peso. Gosto da noite à sua beira, lenta e pesada como uma nuca adormecida, imaginar que você voltaria logo, com uma mala de roupa, a fitar-me do capacho da entrada com as órbitas ao mesmo tempo agudas e turvas da paixão, e ficaríamos juntos nesta triste casa sem móveis, abraçados, a observar o rio, onde as luzes se coalham em reflexos coloridos que pulsam, idênticas a veias sob um dedo de sombra. Inventávamos ementas esquisitas na cozinha, misturávamos frascos, temperos e beijos nos tachos ao lume, inundávamos as salas de preguiçosos odores orientais, de revistas frívolas e de desenhos de crianças, contávamos os cabelos brancos um do outro no inocente júbilo da velhice esconjurada, você tirava-me os pontos pretos com as unhas, eu passava a minha língua entre os dedos excitados dos seus pés, e adormeceríamos na alcatifa, indiferentes à cama, às exigências do emprego, à tirania de robot do despertador, se não felizes, percebe, pelo menos, como dizer?, alegremente saciados.

Desculpe falar-lhe assim mas acho-me tão farto de me sentir sozinho, tão farto da trágica farsa ridícula da minha vida, do bife raspado do snack e da mulher-a-dias que me rouba nas horas e no pó da máquina, que às vezes, sabe como é, me vêm ganas de afastar de mim a aflita desordem de que enojadamente me alimento, como certos bichos do lixo em que moram, e assobiar para o espelho um contentamento sem mancha. Apetece-me vomitar na sanita o desconforto da morte diária que carrego comigo como uma pedra de ácido no estômago, se me ramifica nas veias e me desliza nos membros num fluir oleado de terror, tornar, penteado e saudável, à linha de partida onde um círculo de rostos compassivos e afáveis me espera, a família, os irmãos, os amigos, as filhas, os desconhecidos que aguardam de mim o que, por timidez ou vaidade, lhes não soube dar, e oferecer-lhes a lucidez sem ressentimento e o calor desprovido de cinismo de que até agora nunca fui capaz. Apetece-me expulsar estes defuntos hirtos instalados nas minhas cadeiras numa expectativa pálida e tenaz, a minha mãe a passar indiferente por mim a pensar noutra coisa, o meu pai a erguer da poltrona pupilas que me atravessam sem me ver, os manos embrulhados nos seus esquisitos novelos interiores sem possível desmancho, expulsar os pianos verticais cobertos por panos de damasco cujos Chopins me enredam em melancolias de narciso, apetece-me a Isabel, a realidade da Isabel, a realidade independente de mim da Isabel, os dentes da Isabel, o riso da Isabel, os seios da Isabel em forma de focinho de gazela debaixo da camisa de homem, as suas mãos nas minhas nádegas durante o amor, e as pálpebras que tremiam e vibravam como espetadas por um alfinete cruel numa folha de almaço.

Pode apagar a luz: já não preciso dela. Quando penso na Isabel cesso de ter receio do escuro, uma claridade ambarina reveste os objectos da serenidade cúmplice das manhãs de julho, que se me afiguraram sempre disporem diante de mim, com o seu sol infantil, os materiais necessários para construir algo de inefavelmente agradável que eu não lograria jamais elucidar. A Isabel que substituía aos meus sonhos paralisados o seu pragmatismo docemente implacável, consertava as fissuras da minha existência com o rápido arame de duas ou três decisões de que a simplicidade me assombrava, e depois, de súbito menina, se deitava sobre mim, me segurava a cara com as mãos, e me pedia Deixa-me beijar-te, numa vozinha minúscula cuja súplica me transtornava. Acho que a perdi como perco tudo, que a sacudi de mim com o meu humor variável, as minhas cóleras inesperadas, as minhas exigências absurdas, esta angustiada sede de ternura que repele o afecto, e permanece a latejar, dorida, no mudo apelo cheio de espinhos de uma hostilidade sem razão. E lembro-me, comovido e suspenso, da casa do Algarve rodeada de ralos e figueiras, do céu morno da noite tingido pelo halo longínquo do mar, da cal das paredes quase fosforescente no escuro, e da violenta e informulada paixão das minhas carícias que pareciam deter-se, irresolutas, a centímetros do rosto dela, e se dissolviam por fim num afago indefinido. Penso na Isabel, e uma espécie de maré, tensa de amor, indomada e vigorosa, sobe-me das pernas para o sexo, endurece-me os testículos em crispações de desejo, alarga-se-me no ventre como se abrisse grandes asas calmas nas minhas vísceras em batalha. Percorremos de novo os antiquários poeirentos de Sintra à procura de móveis de talha, entramos no aquário azul da boîte onde pela primeira vez toquei, maravilhado, a sua boca, inventamos um fantástico futuro de filhos morenos numa profusão de berços, e sinto-me feliz, justificado e feliz, ao abraçar o seu corpo na vazante dos lençóis, de que as pregas formam como que ondas a caminho da praia branca da almofada, onde as nossas cabeças, a tua escura, a minha clara, se juntam numa fusão que contém em si os gérmens estranhos de um milagre.

Pode apagar a luz: talvez não fique tão sozinho como isso neste quarto enorme, talvez que a Isabel ou você voltem um dia destes a visitar-me, eu oiça a voz ao telefone, a voz miudamente precisa pelos furos de baquelite do telefone, o Olá dela e o seu Olá a entrarem-me na orelha na oleosidade agradável e morna dos pingos de tirar a cera da minha infância, a vá buscar ao emprego, esperando dentro do carro numa impaciência de cigarros, a corrigir o nó da gravata, em bicos de nádegas, no espelho, ela ou você se instale ao meu lado no automóvel às escuras, me sorria, se debruce para colocar a cassete da Maria Bethânia no gravador, e me passe ao redor da nuca os firmes cotovelos da ternura. Deixa-me beijar-te. Deixe-me beijá-la enquanto se veste, enquanto aperta o soutien nas costas em gestos cegos e canhotos que lhe tornam as omoplatas salientes como as asas de um frango, enquanto procura os anéis de prata na mesinha de cabeceira com uma ruga de atenção infantil, vertical, na testa, enquanto luta com a escova contra a resistência ondulada do cabelo, o cabelo excessivo que a minha calvície inveja, num ciúme feroz a que não consigo fugir. Todas as manhãs penso quando começarei a fazer a risca na orelha, puxando trabalhosamente uma madeixa esfiada pelo cocuruto nu, e principio a ler sem ironia os anúncios de postiços do jornal, acompanhados pelas fotografias de hirsutos carecas satisfeitos, sorrindo risos peludos de gorilas. Afasto-me dos retratos do ano passado como um barco do cais, e parece-me às vezes assemelhar-me a uma esquisita caricatura de mim próprio, que as rugas deformam de um arremedo de trejeitos. Deixa-me beijar-te: que criatura vai querer beijar a paródia triste do que fui, o estômago que cresce, as pernas que se afilam, o saco vazio dos testículos cobertos de longas crinas cor de couro? Reflectindo melhor, não apague a luz: quem sabe se esta manhã oculta dentro de si uma noite mais opaca do que todas as noites que até agora atravessei, a que vive no fundo das garrafas de uísque, das camas desfeitas e dos objectos da ausência, uma noite com um cubo de gelo à superfície, três dedos de líquido amarelo por baixo, e um silêncio insuportável no interior vazio, uma noite em que me perco, a tropeçar de parede a parede, tonto de álcool, falando comigo o discurso da solidão grandiosa dos bêbados, para quem o mundo é um reflexo de gigantes contra os quais, inutilmente, se encrespam.

Não apague a luz: quando você sair a casa aumentará inevitavelmente de tamanho, transformando-se numa espécie de piscina sem água em que os sons se ampliam e ecoam, agressivos, retesos, enormes, batendo-me violentamente contra o corpo como as marés do equinócio na muralha da praia, rolando sobre mim espumas foscas de sílabas. De novo escutarei a fermentação do frigorífico, a ronronar o seu sono de mamute, os pingos que se escapam do rebordo das torneiras como as lágrimas dos velhos, pesadas de conjuntivite ferrugenta. Hesitarei na camisa, na gravata, no fato, e acabarei por bater a porta da rua como se abandonasse atrás de mim um jazigo intacto onde a morte floresce nas jarras de vidro facetado e nos caules podres dos crisântemos. Bater a porta da rua, percebe, como bati a porta de África de regresso a Lisboa, a porta repugnante da guerra, as putas de Luanda e os fazendeiros do café em torno dos baldes de champanhe, reluzentes como as caixas forradas de lantejoulas dos ilusionistas, fumando cigarros americanos de contrabando na penumbra de um tango. A porta de África, Isabel: um médico homossexual, cujas pestanas se enrolam em nós como os tentáculos de um polvo, acolitado por um cabo trocista, de patilhas, ao qual se deve unir de pensão em pensão num suspirozinho exausto de ventosa, examinanos o mijo, a merda, o sangue, para que não infectemos o País do nosso pânico da morte, da lembrança do rapaz loiro coberto por um pano no meu quarto, dos eucaliptos de Ninda e do enfermeiro sentado na picada de intestinos nas mãos, a olhar para nós num espanto triste de bicho. Trazemos o sangue limpo, Isabel: as análises não acusam os negros a abrirem a cova para o tiro da Pide, nem o homem enforcado pelo inspector na Chiquita, nem a perna do Ferreira no balde dos pensos, nem os ossos do tipo de Mangando no telhado de zinco. Trazemos o sangue tão limpo como o dos generais nos gabinetes com ar condicionado de Luanda, deslocando pontos coloridos no mapa de Angola, tão limpo como o dos cavalheiros que enriqueciam traficando helicópteros e armas em Lisboa, a guerra é nos cus de Judas, entende, e não nesta cidade colonial que desesperadamente odeio, a guerra são pontos coloridos no mapa de Angola e as populações humilhadas, transidas de fome no arame, os cubos de gelo pelo rabo acima, a inaudita profundidade dos calendários imóveis.

Às vezes, sabe como é, acordo a meio da noite, sentado nos lençóis, inteiramente desperto, e parece-me ouvir, vindo do quarto de banho, ou do corredor, ou da sala, ou do beliche das miúdas, o apelo pálido dos defuntos nos caixões de chumbo, com a medalha identificativa que trazemos ao pescoço poisada na língua à maneira de uma hóstia de metal. Parece-me ouvir o rumor das folhas das mangueiras de Marimba e o seu imenso perfil contra o céu enovoado do cacimbo, parece-me ouvir o riso súbito e orgulhosamente livre dos luchazes, que estala junto de mim como o trompete de Dizzie Gillespie, esguichando do silêncio num ímpeto de artéria que se rasga. Acordo a meio da noite, e saber que tenho o mijo, a merda e o sangue limpos, não me tranquiliza nem me alegra: estou sentado com o tenente na missão abandonada, o tempo parou em todos os relógios, no do seu pulso, no despertador, na telefonia, no que a Isabel deve usar agora e não conheço, no que existe, desconexo e palpitante, na cabeça dos mortos, o pólen das acácias envolve-nos de leve de um oiro sem peso e sem ruído, a tarde arrasta-se no capim numa moleza animal, levanto-me para urinar contra o que resta de um muro e tenho o mijo limpo, percebe, o mijo irrepreensivelmente limpo, posso regressar a Lisboa sem alarmar ninguém, sem pegar os meus mortos a ninguém, a lembrança dos meus camaradas mortos a ninguém, voltar para Lisboa, entrar nos restaurantes, nos bares, nos cinemas, nos hotéis, nos supermercados, nos hospitais, e toda a gente verificar que trago a merda limpa no cu limpo, porque se não podem abrir os ossos do crânio e ver o furriel a raspar as botas com um pedaço de pau e a repetir Caralho caralho caralho caralho caralho, acocorado nos degraus da administração.

Mesmo assim tive o cuidado de me despedir da baía, concha de água pútrida, onde os edifícios, invertidos, vibravam. As traineiras saíam o cais para a pesca no ruído amortecido e irregular dos motores, assustando os grandes pássaros brancos que passeavam no lodo em pernadas proprietárias de gerentes, e arrepiando os repuxos de cabelos pendentes das palmeiras, que lançavam as sombras estreitas nos bancos desertos. No café das arcadas, garotos negros impingiam os pensos rápidos dos seus manipanços horrorosos. Os engraxadores arrastavam-se por entre as mesas, debruçados para sapatos cintilantes. O médico homossexual, na cadeira ao lado da minha, acendeu languidamente um cigarro de filtro doirado, e apagou o fósforo com o bico em copa, delicado, dos beiços. Usava um perfume denso de prima solteira, que incensava o ar de largas baforadas de açúcar gasoso. Tínhamo-nos conhecido em Londres, no outono grisalho de Saint James Park, partilháramos o mesmo quarto alugado, e eu assistia diariamente ao ritual complicado da sua toilete, cercado de cremes, de escovas, de pinças depilatórias e de caixinhas de tartaruga de produtos de beleza, que ele manejava numa destra paciência de Vermeer, compondo um rosto maquilhado que se diria evadido, à socapa, de um filme de vampiros. A sua roupa interior assemelhava-se aos fatos dos trapezistas de circo, onde o lilás dos projectores se demora numa admiração extasiada. De certo modo estimávamo-nos um ao outro porque as nossas solidões, a dele autocomplacente, a minha raivosa, se tocavam e confluíam num qualquer ponto comum, porventura o da inconformação resignada. Era de tal maneira feminino que a farda o aparentava a uma mulher-polícia. Levou o cigarro à boca num gesto cauteloso de chávena de chá demasiado quente, e roçou por mim, de leve, os grandes olhos meigos de uma inocência sabida:

— Como é que te vais aguentar em Lisboa depois dos cus de Judas?

Os candeeiros da Marginal acenderam-se à uma, num repente, e milhares de insectos principiaram de imediato a agitarem-se nos cones azulados das lâmpadas, frenéticos como as bolhas de luz das frontarias dos cinemas. Um ruído inlocalizável de talheres anunciava a hora do jantar.

— Nas calmas — respondi-lhe, afastando com a mão os cadáveres estilhaçados na picada. — Tu próprio certificaste que tenho o sangue limpo.

Z

Espere aí, vou acompanhá-la à porta. Desculpe o tempo que demoro a levantar-me, e, em vez de má educação, peço-lhe que veja nisso apenas o lamentável resultado do excesso de uísque, da noite sem sono, e da emoção do meu longo relato que está chegando ao fim. Aliás, amanheceu: ouvem-se distintamente as camionetas das obras na rua, um autoclismo qualquer, no andar de cima, anuncia o despertar dos vizinhos. Tudo é real agora: os móveis, as paredes, o nosso cansaço, a cidade demasiado cheia de monumentos e de gente como uma cómoda com muitos bibelots no tampo, que amorosamente odeio. Tudo é real: passo a mão pela cara e a lixa da barba por fazer arrepela-me a pele, a bexiga repleta incha-me na barriga o seu líquido morno, pesada como um feto redondo que geme. Um feixe oblíquo de luz aclara anemicamente um losango de papel da parede, junto ao roupeiro, e desce a pouco e pouco a caminho da alcatifa, da placa cinzenta do calorífico, das pernas harmoniosamente arqueadas da cadeira de baloiço, onde a minha roupa jaz na desordem esquecida dos trapos. São reais as nódoas amarelas do estuque do tecto, de que agora facilmente me apercebo, os sorrisos das minhas filhas nas molduras, o telefone que se diria estar constantemente a encrespar-se, prestes aos berros de fúria aguda da campainha. É real a sua impaciência, a carteira pendurada do ombro, os tornozelos bem feitos, nos quais não tinha ainda reparado em pormenor, a estremecerem de pressa nos sapatos. Hoje não vai chover: sinto-o nos ossos tranquilos, em paz, apenas moídos por tantas horas sem repouso, nos ossos secos, duros, leves, porosos como pedra-pomes, que me pedem, no interior do corpo, que flutue de alcatifa em alcatifa numa graça trôpega de anjo, roçando as unhas dos pés pelas sombras de túnel do corredor. Não vai chover: o céu cor-de-rosa, vazio como o bojo de uma boca sem dentes, adensa-se já de calor na linha quebrada em que os telhados o tocam, adquirindo um tom vermelho e esverdeado que incendeia os terraços, as varandas, o rebordo exageradamente nítido dos edifícios ao longe. Às duas da tarde as árvores suarão lágrimas de resina pelos troncos calcinados, o bronze das estátuas das praças dobrar-se-á como o ferro que arde, numa obediência mole de gestos sem força. Você vai chegar a casa, tomar um banho rápido, procurar um vestido no mostruário de mangas penduradas de lado no armário, e, antes de sair para o emprego, disfarçar as olheiras com os óculos escuros enormes que a aparentam, sabe como é, a um insecto altivo. O que existe por detrás dos óculos escuros das mulheres com quem me cruzo nas ruas de Lisboa intriga-me e fascina-me: a opacidade dos rostos sem expressão acorda em mim o desejo de as despir, num movimento delicado, dos seus pedaços de vidro castanho ou verde, a fim de me confrontar com o pânico, a ternura, a indiferença, o sarcasmo, algo, em suma, que me garanta uma humanidade semelhante à minha, em lugar da condição marciana que se me afigura a sua. E os andares iluminados, na altura do jantar, pela claridade docemente doméstica dos abajures e pela fosforescência rectangular das televisões acesas, fazem-me sentir irremediavelmente de fora de milhares de pequenos universos confortáveis, em que me seria grato incluir, num canto de sofá, diante de uma reprodução de Miró, a minha solidão envergonhada de cão tímido, a arquear constantemente o dorso de falsas zangas submissas. As lojas de móveis, nas quais se reproduzem intimidades estereotipadas com um poster barato por cima, representando uma menina e um gatinho ternamente enlaçados, encantam-me: a felicidade dos desdobráveis a ectacrome constitui, não diga a ninguém, o meu alvo na vida, e projecto sempre substituir as complicadas escrivaninhas da alma por prateleiras quinane e almofadas aos quadrados pretos e brancos, a que se juntam tapetes ovais de pêlo tão alto como as sobrancelhas dos tios e grandes objectos de loiça sem forma definida, pintados em pinceladas ao acaso. Não, escute, pode ser que o cenário se insinue a pouco e pouco pela nossa existência dentro, a inunde de candeeiros esquisitos eriçados de molas e de ângulos e de carantonhas sardónicas de barro, e um grosso sangue Robbialac nos desça pelas veias, forrando-as de um júbilo metalizado, à prova da humidade das lágrimas. Vou comprar um Bambi de biscuit para a secretária do escritório, colocá-lo bem à frente dos meus papéis e dos meus livros, entre mim e o rio, e vai ver como a minha vida se inflecte no sentido de um futuro de toureiro ou de cantor da rádio, sentado na borda da piscina particular abraçado a uma loira sorridente.

Tudo é real: o tilintar das suas pulseiras possui agora um som diverso, desprovido dos misteriosos prolongamentos e ecos que a noite lhe conferia, o som banal da manhã, que vulgariza o sofrimento e a exaltação, e os apouca perante as exigências práticas do quotidiano, o emprego, a revisão do carro, a consulta do dentista, o jantar com um amigo de infância palavroso, a expandir-se por cima dos talheres em aborrecidas narrações intermináveis. Tudo é real, sobretudo a agonia, o enjoo do álcool, a dor de cabeça a apertar-me a nuca com o seu alicate tenaz, os gestos lentificados por um torpor de aquário, que me prolonga os braços em dedos de vidro, difíceis como as pinças de uma prótese por afinar. Tudo é real menos a guerra que não existiu nunca: jamais houve colónias, nem fascismo, nem Salazar, nem Tarrafal, nem

Pide, nem revolução, jamais houve, compreende, nada, os calendários deste país imobilizaram-se há tanto tempo que nos esquecemos deles, marços e abris sem significado apodrecem em folhas de papel pelas paredes, com os domingos a vermelho à esquerda numa coluna inútil, Luanda é uma cidade inventada de que me despeço, e, na Mutamba, pessoas inventadas tomam autocarros inventados para locais inventados, onde o MPLA subtilmente insinua comissários políticos inventados. O avião que nos traz a Lisboa transporta consigo uma carga de fantasmas que lentamente se materializam, oficiais e soldados amarelos de paludismo, atarraxados nos assentos, de pupilas ocas, observando pela janela o espaço sem cor, de útero, do céu. Reais são as camionetas cinzentas à espera no aeroporto, o frio de Lisboa, os sargentos que nos examinam os documentos no vagar lasso dos funcionários desinteressados, o trajecto até ao quartel onde as nossas malas se empilham numa confusão cónica de volumes, as despedidas rápidas na parada.

Passámos vinte e sete meses juntos nos cus de Judas, vinte e sete meses de angústia e de morte juntos nos cus de Judas, nas areias do Leste, nas picadas dos quiocos e nos girassóis do Cassanje, comemos a mesma saudade, a mesma merda, o mesmo medo, e separámo-nos em cinco minutos, um aperto de mão, uma palmada nas costas, um vago abraço, e eis que as pessoas desaparecem, vergadas ao peso da bagagem, pela porta de armas, evaporadas no redemoinho civil da cidade.

Fardado, com um saco cheio de livros ao ombro e outro de roupa na mão, Lisboa ergue perante mim a sua opacidade de cenário intransponível, subitamente vertical, lisa, hostil, sem que nenhuma janela abra, diante dos meus olhos sequiosos de repouso, côncavos favoráveis de ninho. O trânsito roda majestosamente na Rotunda da Encarnação, numa indiferença puramente mecânica que me exclui, os rostos na rua deslizam ao lado do meu num alheamento absoluto, em que qualquer coisa da inércia geométrica dos cadáveres se insinua. A minha filha de olhos verdes deve, com certeza, considerar-me um estranho indesejável, deitando ao lado da mãe o estreito corpo supérfluo. A vida dos meus amigos, que se programou sem mim na minha ausência, acomodar-se-á a custo a este ressuscitar de Lázaro desnorteado, que reaprende penosamente o uso dos objectos e dos sons. Habituara-me demais ao silêncio e à solidão de Angola, e afigurava-se-me inimaginável que o capim não rompesse do alcatrão das avenidas os seus longos dedos verdes acerados pelas primeiras chuvas. Não existia nenhuma máquina de costura ferrugenta e avariada na casa dos meus pais, e o soba do Chiúme não me esperava na sala, a fitar, para lá da estante envidraçada dos livros, a vastidão, húmida de sapos e de lodo, da chana. Idêntico a uma criança quando nasce, contemplava, com órbitas redondas de surpresa, os semáforos, os cinemas, o contorno desequilibrado das praças, as melancólicas esplanadas dos cafés, e tudo se diria possuir, ao meu redor, uma carga de mistério que eu seria sempre incapaz de elucidar. De forma que encolhi a cabeça entre os ombros e curvei as omoplatas como as pessoas sem gabardina perante uma chuva inesperada, oferecendo o mínimo possível do meu corpo a um país que não entendia já, e embarafustei pelo janeiro da cidade.

Visitei as tias algumas semanas depois, envergando um fato de antes da guerra que me boiava na cintura à laia de uma auréola caída, apesar dos esforços dos suspensórios, a arrepanharem para cima as pernas, como se armados de uma hélice invisível. Esperei de pé, junto ao piano de castiçais, a entalar os ossos tímidos entre uma consola Império de coxas tortas, cheia de molduras de generais defuntos, e um relógio enorme cujo grandioso coração soluçava mansamente os estalos rítmicos de um buda pacífico que digere. As cortinas das janelas ondulavam acenos evasivos de coreógrafo entediado, os olhos agudos das pratas cintilavam dos aparadores, no escuro. As tias acenderam o candeeiro para me observar melhor, e a luz revelou subitamente tapetes de Arraiolos desbotados, jarras chinesas disparando dragões de língua torcida das superfícies brancas, a curiosidade das criadas que espreitavam da porta, a enxugarem as mãos gordas nos aventais da cozinha. Instintivamente coloquei-me na atitude hirta e séria que se oferece aos fotógrafos de feira, examinando-nos por detrás das grossas lentes impiedosas das máquinas de tripé, ou em sentido, como quando cadete, em Mafra, perante o mau humor autoritário e crónico do capitão, a franzir-se de botas afastadas numa arrogância agoirenta. Cheirava a cânfora, a naftalina e a mijo de siamês, e apeteceu-me veementemente sair dali para a Rua Alexandre Herculano, onde, pelo menos, se visionava, no alto, um bocadinho turvo de céu. Uma bengala de bambu formou um arabesco desdenhoso no ar saturado da sala, aproximou-se do meu peito, enterrou-se-me como um florete na camisa, e uma voz fraca, amortecida pela dentadura postiça, como que chegada de muito longe e muito alto, articulou, a raspar sílabas de madeira com a espátula de alumínio da língua:

— Estás mais magro. Sempre esperei que a tropa te tornasse um homem, mas contigo não há nada a fazer.

E os retratos dos generais defuntos nas consolas aprovaram com feroz acordo a evidência desta desgraça.

Não, não, siga sempre em frente, vire na primeira à direita, na segunda à direita a seguir, e como quem não quer a coisa está na Praceta do Areeiro. A salvo. Eu? Fico ainda mais um bocado por aqui. Vou despejar os cinzeiros, lavar os copos, dar um arranjo à sala, olhar o rio. Talvez volte para a cama desfeita, puxe os lençóis para cima e feche os olhos. Nunca se sabe, não é?, mas pode bem acontecer que a tia Teresa me visite.

Sobre o autor

António Lobo Antunes nasceu em 1942, em Lisboa. Formado em medicina, com especialização em psiquiatria, serviu como médico do Exército português em Angola nos últimos anos da guerra naquele país, entre 1970 e 1973.

Autor de uma obra extensa, de repercussão mundial, Lobo Antunes recebeu diversos prêmios literários, como o Grande Prêmio de Romance e Novela da Associação Portuguesa de Escritores, em 1999, por *Exortação aos crocodilos*. Em 2007, recebeu o prêmio Camões de literatura, o maior reconhecimento dado a um autor de língua portuguesa vivo.

No Brasil, a Alfaguara publicou, entre outros livros, *Memória de elefante*, *Os cus de Judas*, *Conhecimento do Inferno*, *As naus*, *As coisas da vida: 60 crônicas*, *Sôbolos rios que vão* e, mais recentemente, *Comissão das Lágrimas*.

2ª EDIÇÃO [2010] 7 reimpressões

ESTA OBRA FOI COMPOSTA EM ADOBE GARAMOND PELA ABREU'S SYSTEM E IMPRESSA
EM OFSETE PELA GEOGRÁFICA SOBRE PAPEL PÓLEN SOFT DA SUZANOS S.A.
PARA A EDITORA SCHWARCZ EM JULHO DE 2021

A marca FSC® é a garantia de que a madeira utilizada na fabricação do papel deste livro provém de florestas que foram gerenciadas de maneira ambientalmente correta, socialmente justa e economicamente viável, além de outras fontes de origem controlada.